伊维萨

[日] 村上龙

李重民 译

上海译文出版社

目　录

序章

伊维萨[1]。

这个固有名词是什么时候融入我的体内的，我已经想不起来了。在新宿酒气熏天的小巷里，一名头发染成金色的少年喊着救命、最后奄奄一息时对我喃语的话里，不会有这样的固有名词。当时他腹部插着刀，失血量已经到了致死的地步。

我白天坐在汽车公司的前台，夜里总是和各种不同的男人睡觉，不定期地与一个自由职业的有妇之夫做爱。这就是我的全部。据说天下没有不散的筵席，我也是。

席散后的几天里，我能够保持平静，这连我自己都感到惊讶。我将小巷里的衣服扔掉，给自由职业的男人的办公室发了份传真，对他长期来给予我的关照表示感谢，然后我盯视着我最感恶心的科长，对他说"你这个人还不如蛆虫之辈"，然后辞职扬长而去。

小巷里的衣服卖得很便宜，而且我那好说话的父亲替我垫付了三年单室住宅公寓的房租，再说我对昂贵的西服和化妆品也不感兴趣，对吃饭也不太讲究，所以没有必要急着去寻找新的工作。我一直窝在自己的房间里看录像度日。我能保持平静，这是不可思议的。记得是散席后的第六天或第七天，我第一次产生了厌恶的念头。我后悔了。我发现还是向公司里逼我辞职的那些人吐唾沫，或闯到那个自由职业男人的家里，在他的家门口砍掉他的手，更能够令我心安理得。我发现自己只是偶尔去超市里购物，几天几夜没有和任何人说一句话。我的头脑里会浮现出诸如以前上小学体操课时从平衡木上突然倒下来的瞬间。

我以前在生活中一直随心所欲，没有感觉到有多大的压力，没有幻象和幻听之类的经历，所以遇到幻听、看到幻象时，我真的很害怕。

在超市的生菜里冷不防看到乌黑的、卷成一团的、变了形的毛发时，我吓得发出了一声惊叫。周围的顾客都回过头来朝我张望，店员忙不迭地跑过来。那店员的脸庞中央又有一撮毛发，我

---

1 西班牙巴利亚里群岛第三大岛伊维萨岛东南岸的中心城镇，位于西地中海，属巴利亚里州，多城堡和寺院。

感觉到自己的舌头猛然被抽缩到什么地方去了。

我在旅馆里订了个房间。那个房间是我平时与自由职业的有妇之夫幽会的地方。我走进那个房间里，毛发还是紧紧地追随着我。东京就在这房间的窗外舒展着。我足足有三个小时眺望着缠着整个东京的毛发之后，给秘密俱乐部打个电话要了个女人。

四十分钟后，按响我房间门铃的是一个额头上留着粉刺疤痕、剃着平头发型的矮个女子，比我小四岁，浑身从脚尖到每一根毛发都是一股变态味道。

看见她额头上的粉刺疤痕里沾着汗，恐惧感便向我袭来。我操起玻璃烟缸，全力朝女人的额头砸去。

因为我眼看着就要产生幻觉，粉刺疤痕上的汗水仿佛快要变成毛发，我眼看就要产生远比毛发更令人厌恶、更有着真实感的幻觉。烟缸削去女人的皮肤，女人一边流着血一边爬到电话机边。

两个男人赶来了，一个穿着黑西服，另一个穿着奶油色衬衫。两人扛着一个玻璃钢制的大箱子，里面好像装着照相器材或照明器材。穿奶油色衬衫的男子在为女人处理伤口时，西服男子不停地询问着我。

"你们以前认识吧?"

不认识。

"为什么不穿衣服?"

在玩那事呀!

"你是怎么知道这家俱乐部的?"

名录里有的。

"以前你招呼过女人吗?"

招呼过啊!

"那时也是一个人?"

不。

"是和男人一起?"

是啊。

黑色西服的男人盘问着我,走到窗边拉开了窗帘。光、东京、毛发都涌进了房间里。男子站在房间的中央,一边哼唱着可口可乐的广告歌曲一边喊我。

"你过来!"

我用手护着害羞的地方站起身走近他。他穿着黑色与茶色的双色蛇皮靴子,一把将我紧紧抱住。

"你能看见什么?"

你,街道,和毛发。

"你知道乔·布克吗?"

是书吗?

"不是，是人名，是电影。"

不知道。

"不知道不行。那电影三年前刚放过，就是一个叫乔·布克的刑警当主人公的那部，是叫哈里森·福特的演员扮演主角乔·布克的，你没有看过？"

没有看过。

"你可以去看看。乔·布克和一个女人坠落情网，你知道吗？"

好吧，我知道。

"可是，那个女人刚刚失去丈夫，而且是生活在严格的宗教里的女人，手也握不得，明白吗？"

明白。

"有个两个人跳舞的场面。是和着萨姆·库克跳舞。两个人的脸靠近着，眼看就要接吻，但没有，忍耐着。明白吗？"

明白。

"我觉得你能够明白。是很美丽的场面。我有五年没有看电影了，那么漂亮的舞蹈，我是第一次看见。我们也那样跳吧。"

黑西服男子哼唱着，合着节奏跳着舞，一边用双色蛇皮靴子好几次故意踩我的脚尖。

毛发从我的视野里消失了。以男人为轴缓缓地旋转着时，我看见奶油色男人那边包扎已经结束，正在让女人穿衣服。"下一个客人是折原先生，所以要去赤坂王子旅馆的那个套房，他提出要求说，像以前那样放在箱子里送来!"奶油色衬衫的男子这么说着，将女人装进玻璃钢制的箱子里，拖着箱子，把它装到停在门外的旅馆服务员用的行李搬运车上。

"你的舞蹈不是跳得很好吗?"

黑西服男子带着我起舞。

"你常去迪斯科舞厅吧。"

没有。现在不常去。

"你知道叫帕恰的迪斯科舞厅吗?"

不知道。

"你为什么打那个女人?"

我看见汗，感觉很坏。

"是那个女人的?"

是的。

"她是个坏女人。"

是吗?

"那个箱子会从海边沉下去的。不过，你不要把这事告诉警察。"

我不说。

"是个坏女人，所以没有办法。"

我呢?

"你知道帕恰吗?"

呃?

"迪斯科舞厅的名字呀!"

没有听说过。

"我觉得你是个好女人。你受过男人的伤害吗?"

有过。

"你恨那个男人吗?"

不恨。

"你如果去帕恰迪斯科舞厅的话,我有件事想对你说,凌晨一点开始开门,凌晨二点起,签订过聘用合同的舞蹈家开始跳舞,有个已经到了好年龄的舞蹈家,名叫格雷奥,是个黑人,我曾经欠那小子的情,他很关照我,我却没有给过他任何回报,你如果见到他,替我谢谢他。"

我明白了。

"伤害你的男人,你不会恨他,而且你舞蹈跳得很好,格雷奥如果有你这样的女孩子谢谢他,我想他会原谅我的。"

如果我见到那个人,我会对他说的。

"你要答应我。"

"对不起,是我。"

公用电话上洒满着阳光。

"你这不是违反了我们的约定吗?"

"我只是有件事想向你打听呀。"

电话马上就挂断了。我只是想问他知道不知道一家名叫"帕恰"的迪斯科舞厅。自由职业的男人发出的声音在颤抖。毛发在我的视野里狂舞,狗叫声和人的斥骂声搅在一起,从这声音的背后,传来了我很陌生的电视剧里的主题歌。东京都内没有叫"帕恰"的迪斯科舞厅。

那家建造在猕猴桃园边上的医院,我已经去了一年多。那里是个很少下雨的地方,即便冬季降临也比东京暖和。医生已过四十五岁,眼睛硕大。他劝告我不要急着消除幻象和幻听,可以把它当作是很自然地出现的东西。视野前即使出现毛发也不会死人。幻听出现得很没有规律,某一时期每隔一星期出现一次,某一时期每隔一个月出现一次。住院后大约过了半年吧,幻听变成广播体操的钢琴声,我问医生能不能结合幻听做做体操,医生说不行。欣赏音乐没关系,但不能跟随幻听活动身体。

猕猴桃园的另一边有一幢小型的建筑物。

在那深绿色的叶子上,每天在固定的时间里都积着无数的水滴。有个时间段里,那些水滴会同时闪出光来,并能看见另一边那幢白色的建筑物,我会不知不觉地喜欢起来。那样的时候我会产生一种奇特的念头，心想我如果是艺术家的话……大概与真实的不幸相比，我更想表现虚幻的幸福吧。建筑物白花花的顶上有一个穹顶似的东西，一天医生告诉我，那是一座被遗忘的天文台。有穹顶，外墙上有一道微妙的弧形，因此与其说它是一幢建筑，还不如说更像是一座中世纪的集合型城市。在猕猴桃树那深绿色的叶子上积着的几千万个水滴被蒸发时，天文台会变得有些朦胧。天文台里还有人吧？看得见灰色的斑点，那大概是用铁丝网围着吧？那个穹顶大概像电影和电视里经常看到的那样，天顶会自动开闭的吧？我这么想着时，毛发就会从我的眼前消失。我变得害怕失去那种景色了。有时医生对我说："这好像是伊维萨的旧市区。"于是，这个地名就像幽灵一样缠上了我。

出院后过了三天，我在银行的取款机前遇到一个三十多岁、身穿意大利西服的男人，我们一起吃午饭。这天晚上，我们已经成为情人了。

第
一
章

巴
黎
的
忧
郁

　　我已经很久没有去国外了。男人把日本航空公司的头等舱机票交到我的手上，还给了我三十万元，说"也许会用得着"。用这钱可以买些什么呢？我已经有很久没有出去旅行了，所以我不知道啊！我已经不记得我在床上对男人这么说时是一副什么样的表情，但说的话却记得很清楚。

　　"你是一个很神秘的人。"男人注视着我的脚趾说道，"你说三天前你还在精神病医院里，这是真的吗？"

　　我点点头。

　　"第一次见到你的时候，我就感觉到一种灵气。"

　　灵气？

　　"是感应。三井银行那台取款机，你使用过以后，我的手一碰上去就有触电似的酥麻感觉。不过，摩洛哥，你陪我一起去吗?"

好的，我想去。

"我们刚刚认识，相互之间还什么都不了解呢。首先，我连你的名字都不知道。"

我回答说：这事没什么大不了的吧。男人问我为什么，于是我把幻听和幻象的事告诉了他。我原本在生活中就是承认欲望的，如今我只是把引发幻听、幻象方面的人和事，与帮助我忘记幻听、幻象方面的人和事区分开来，所以才进了医院，我既没有失去社会性，又能和他人进行交流……

你是一个神秘的人。医生也常常这样对我说。

无论分裂症还是忧郁症，出现幻听和幻象，如果是专家的话，就会断定这样的症状已经是病入膏肓了。其实这种情况屡见不鲜。像你这种后天发生的心因性疾病，一般是遇上什么自己无法驾驭的重大不幸或诸如此类的事情才发病的，在那种情况下，人就会躲进疾病里。在那种意义上，身体方面的疾病也是一样的，比如肝脏病人如果需要休养或手术，反过来可以说他就是借了肝脏的帮助，靠着休养或手术才躲进了疾病里。这些全都是为了防止死亡，是我们的身体和心灵具有的防御体系。说实话，你的情况，我不太了解，你对幻听和幻象也没有感到害怕，你是稍稍有些胆怯才到我们医院里来的，这我很清楚。不过，我们作为医生所说的胆怯，是指更加严重的失衡状态。我们说的感到胆怯的人，首先就不可能用你我这样的感觉进行交流。所以我认为你的幻听和幻象还没有达到逃避的阶段。虽然问你那个出现的幻听或幻象是什么，你也不知道，但我觉得那不是心理学或精神病理学范畴的事情，一定是宗教或哲学范畴的。

"后天出发。护照你带好了吧。现在法国不需要签证，只要护照就可以了。还有，现在摩洛哥可以游泳，要带好泳衣，我想让你穿华美而又性感的比基尼泳衣，美美地吃几顿饭，旅馆我也只住四星级以上的，可以不穿礼服裙，但西服或连衣裙要有一两套，可以不是名牌或著名设计师设计的品牌，只要质地优良上档次的就行，关键是能够适合你的。手提箱可以是中型的，卢吉·科拉尼设计的东西很受青睐，但可以再薄一些，就用装衣箱吧，而且用起来也方便。还有，摩洛哥很热，巴黎肯定很寒冷吧，所以要准备一件薄的外套或皮夹克，再准备一件开襟式毛衣或套头衫就行。"

呃……我应该怎么称呼你啊？我问。男子回答：喊我"先生"就行。

"你呢？你叫什么名字？"

什么都可以，不管是洋子还是美纪，或是幸子、阿绿，都可以。我这么一说，他笑了。他没有问我的真名。我们做了两次爱。

男子非常威猛，而且训练有素，十分练达，一切都结束以后，即所有的狂澜平息、相互淋浴以后，我也没有出现以前与自由职业的有妇之夫睡觉时的那种失落感。那个时期我身上穿的是小巷里买的衣服。

回到住宅里以后，我一如既往地做了个仪式，就是用铬制的锅子烧开水。水在沸腾前会在银色的锅底产生无数的水泡。水泡开始时是缓慢地往上冒，以后便激烈地摇晃着往上涌，过了有四十分钟，就只能看见破裂的水泡，不久就只剩下巨型爬行类动物喘息般的声音，水化为乌有。但它不可能从这个世界上消失殆尽，只是如同原子之类的东西一样接受到能量而发生了变化而已，它仍然存在在什么地方。

*

我在百货商店里买了手提箱和西装，但男人……不，"先生"给我的钱，我没有用，却把我的存款用得精光。选购泳衣时煞费了一番苦心。夏天行将结束，百货商店里已经不出售泳衣，体育用品商店里也不销售性感的比基尼泳衣。店员告诉我哪里在出售性感的比基尼泳衣，他大概因为酷爱网球或高尔夫球，鼻尖正在脱皮。他以为我是去关岛、塞班岛或夏威夷那些地方，所以想要告诉我如何寻找好的旅馆、好的餐厅和好的潜水地点，他不停地说着，我觉得自己就要出现幻听了，于是拿着从杂志上剪下来的写着店名和电话号码的纸片离开了商店。店员一直追到店外，说想带我到那家卖泳衣的店里去。

"那个地方找起来不太容易呀！我刚买了一辆新的 MINI 车，想在东京都内兜一圈，现在正好有空，也可以利用一下午休时间嘛。"

我没有搭理他。

"对了，嗯……说是'MINI'，是正宗奥斯汀的 MINI 啊，不是三菱的 MINI 呀！"

我觉得那个店员带着鼻音的说话声马上就要在我的幻听中出现。

"我只是想讨好你。"

我拦下一辆出租车，上了车。他从打开着的车门缝里探进脸来。

"告诉你电话号码吧。大姐，要做爱吗？你身上散发着性爱的味道。"

我关上车门。司机透过后视镜望着我。这是一名五十来岁的男子。我想起了父亲。我住院期间，父亲只来探望过我一次。

"那种愣头小子是专门拐骗或杀害小女孩的吧。"

那家泳衣专卖店坐落在从老街发展而来的商店街和高级住宅区的交接处，地处黄金地段。我有一米五九，就是穿着高跟鞋，那个好像是商店老板的女人也比我高出一个头。店铺很小巧，陈列着的全都是进口女式泳衣，没有不到一万元的商品。店里有一名顾客，是中年女性，看上去与老板的关系非常密切，她们两个人大白天喝着白葡萄酒谈笑风生。我走进店里时，她们将我从上到下怔怔地打量了一番。我在与她们的目光交织时，有一种怀古式的感觉。这种感觉与恋旧不一样。两个女人，老板和客人，看起来年龄相仿，但她们身上的时装、妆容、眼神、涂抹的香水、肤色的晒黑程度、指甲的染色、皱纹都非常相似，我觉得她们活脱脱就是从十年前的妇女杂志照片凹版上剥下来的。"有何贵干？"我好像觉得两人在这么问我。"能让我看看泳衣吗？"我问。于是那位客人将葡萄酒杯放回到桌子上。"那我现在就告辞了。"她说着站起身来。

"谢谢你的葡萄酒。"

客人随意地说着离开了商店。走过我的身边时，一股强烈的让·巴杜的香味像风一样扑面而来，我感到一阵晕眩。

"你要什么样的泳衣？"

老板用低沉而嘶哑的声音问我。她下颌尖削，眼线上翘，眉毛描出一条细而有力的弧形，嘴唇涂成浅紫色。

我想要性感的那种。我喜欢"先生"说的那种"性感"。

"是在哪里穿的？"

老板穿着饰有漂亮的波形褶边的乳白色衬衣和紧身的红色长裙，披着同样是红色的无领对襟毛衣，脚下穿着鞋尖点缀着金色的尖头高跟鞋。

在哪里？

"是啊。要根据场合的。夏威夷和体育俱乐部里的室内游泳池，就不一样吧？"

是摩洛哥。

"呃？"

是北非的摩洛哥。

"摩洛哥，那里不是沙漠吗？"

是在进沙漠的地方。我把在旅游指南书里读到过的、还依稀记得的印象告诉她。那里是旅游胜地，在港口或以前有绿洲的地方还有非洲特色的旅馆，现在已经成为欧洲有钱人的旅游度假胜地。我这么一说，老板将脸侧过去，点燃一支细长的烟。

"从哪里过去？不可能有直达摩洛哥的航班吧。"

从巴黎过去。

"是团体旅游？"

不是。

"一个人去？"

不。

"是蜜月旅行?"

也不是的吧!老板带着情绪说道。只是买一件泳衣,我为什么却偏偏要回答那些问题呢?我没有回答。

"是有钱人吧?"

呃?

"你的恋人,是有钱人吧。"

好无礼的女人。但是,我必须买一件泳衣。"能让我看看比基尼吗?"我注视着她问。我看了十几件,决定买下裸露得很大胆的豹纹比基尼和露背的蓝色连衣裙式泳衣。

"试穿一下吧,尺寸不合适会很窝气的。"

试衣室三面墙上全都是镜子,我觉得好像被什么人窥探着似的。

"我看得出你啊,"老板仔细地折叠好两件泳衣,一边用银色的纸包装着,一边又和我搭着话,"你喜欢做爱吧。我也是那样,所以一眼就看出来了。"

我感觉到自己的脸红起来了。

"刚才那个化妆得很时髦的人,就是刚才在这里的人,她吧,以前经常带我去参加酒会。狂欢酒会呀。狂欢酒会,你知道吗?"

老板露出牙笑了。

"不过啊,不是哪家恶心的杂志社策划的、中小企业里那些大腹便便的老家伙和歌舞厅的女招待在肮脏的公寓里干的那种啊。你瞧，我以前干过模特儿，刚才那个人也是模特儿。"

她用布满皱纹的手摊平银色纸，系上缎带。她的手指很长，指甲却又宽又短。她伸出手指修着指甲，指甲呈正三角形。这是一种很不幸的指甲。这个女人因为这种短指甲，也许一生都得不到幸福。

"也许是她以前和外国人交往过的缘故，即使一个晚上都熬不住。这样的人也真会有啊，而且这种人身材瘦削的特别多呢。我是她请我去的，但女人中像我们这样的模特儿，还有未出道的女演员，我不能说出名字的著名女演员，也都常来啊。歌手、混血儿也很多。男人吧，有青年实业家啦，医生啦，珠宝商啦这些人，他们都是很优雅的呀！在花园饭店或帝国酒店这些地方的套房里玩，有五六组吧，夏天的话总是先去游泳池里游泳，重要的是交流啊。大家都是有身份的人，所以对话也很上档次的。你能理解吗？晚餐也是在酒店里吃法国菜，大家都身穿盛装精心打扮，真的呀，那是非常快乐的。我已经不去了，不过刚才那个人还去，我是单身，她那时就已经结婚了，她的丈夫是和时装打交道的，不是时装设计师，只是策划一些时装表演，但狂欢酒会他是不参加的。你感到很奇怪吧。可是，他知道她在那么做，而且又不是同性恋者。对她很宽容吧？"

我的泳衣用银色纸包装好了，还扎着粉红色的缎带。

我的家住在东京北边的最尽头，从东京都市中心回家，路上换乘电车和公共汽车要花将近两个小时。父亲顶着大风在狭窄的院子里整理花木。我刚招呼"好久不见"的时候，正好一阵风刮来，沙子吹进了父亲的眼睛里，父亲打了个趔趄差点儿跌倒，他险乎乎地站立着，东张西望地找我。

"你好像很精神啊。回家前至少要打个电话来吧。"

父亲穿着阿迪达斯的薄绒运动套装。他当了三十多年中学老师，两年前辞了。因为没有参加教员工会，所以四十五岁后当上教导主任，又当了十多年的校长。

我要去旅游。

"那是好事啊。"

这套不超过七十坪[1]的商品房，是父亲正好当上教导主任的时候用长而又长的长期贷款购置的。他在放置了整套沙发的客厅里，用虹吸式玻璃咖啡壶为我烧咖啡。咖啡豆是他自己配制的。他从前就有这样的嗜好。

"我记得对你提起过吧。"

1　日本的面积单位，1坪约等于3.3平方米。

什么事？

"我一直想开一家咖啡屋。"

咖啡，很香的。

"谢谢。你不觉得当咖啡屋老板很好吗？"

父亲换了一身衣服，穿着像是打高尔夫球的运动裤和白色的Polo衫、V领毛衣，洗了洗在院子里弄脏的手和脚，还洗了把脸，头发也梳理了一遍。

"给人感觉很明事理。这是为什么呢？"

你是说咖啡屋的老板？

"有一种凡事都看透了的气场呢。"

是吗？

"有没有给人一种任何事都可以来和我商量的感觉？"

现在那样的咖啡屋不会少。父亲在多大的程度上了解我呢？辞去工作，精神异常，这两件事他都知道。在新宿的小巷里拉客的事，和有妻室的男人交往的事呢？他即使知道也肯定不会说什么。母亲离家出走时，他就什么都没说。电影或电视里有枪杀之类的场面，在执行枪杀之前必定要遮住对方的眼睛，这时总会问一句："有什么遗言需要留下吗？"如果是父亲的话，他会留下什么话呢？

"尽力去做每一件事情，对所有的事情都感到无聊得不可自拔，所以只好将咖啡烧得香一些来令大家高兴。有没有这样的感觉？"

老爸，你的专业是地理呀！

"那是因为战后获得了驾驶证。我只知道怎么看地图。"

你知道伊维萨吗？

"是西班牙的岛屿吧。"

是啊。其他还知道些什么？

"是个小岛呀！记得是有钱人的疗养胜地吧。还有马略卡岛什么的，那边的气候很好，所以欧洲的款爷们很憧憬那个地方吧。你要去那里？"

我想伸伸腿脚也很好啊。

"你不要在那里被人卖了。"

父亲这么说着笑了。我没有笑。

"先生"和我分别办理了登机手续。机场里充满着阳光。碧空如洗，阳光从宽敞的窗户倾洒进来，飞机闪着银光。我将"先生"给我的三十万元和自己二十万元出头的存款换成美元现金之后，在机场休息室里喝着咖啡浏览报纸。我无疑是在搜寻"在东京湾发现一具已经腐烂的年轻女性的尸体，这具女性尸体被装在玻璃钢制照相器材箱里"的报道，但今天也没有。在住医院之前，我在东京都卫星城市的旅馆里见到过秘密俱乐部的女人，还有身穿黑西服的高个子男人，舞跳得很好。在我的内心里，很多事情都没有一个明晰的结果。所有的事情都是暧昧的、模模糊糊的。即使猕猴桃园另一边那个旧天文台，也没有让我留下清晰得像在我的身体上刻下生理性印记一样的记忆，并使我成熟起来。

"要在巴黎住两天，你去过吗？"

在飞机上，"先生"走到我的座位边这样问我，我摇了摇头。我只知道香港和美国西海岸、关岛。

"是一座忧郁的城市啊。""先生"一边抚摸着我的大腿一边说道。

不用说，我还是第一次乘坐头等舱。香港、美国西海岸、关岛，都是团体旅行，坐的是经济舱。回想起来，直到最近，我连飞机上的座位是分等级的都不知道。

"喝点什么？"

可乐。

"你不喝酒吗？"

喝醉了我会感到不安的。

"哪会有这种事。好吧，可以喝血腥玛丽，多加些辣味沙司和黑胡椒吧，在飞机里脑袋会感到迷糊，喉咙里给点刺激，感觉会舒服些。"

"先生"这么说着，回到自己的座位上去了。"来一杯血腥玛丽。"我这么一说，一个皮肤粗糙的空姐便微笑着点头答应。从这一瞬间起，我开始进入了旅途。头等舱的用餐与经济舱不一样，不是把所有的东西全都堆在一个托盘里。头等舱里有菜单，可以从小型手推车送来的食品中自己挑选。我开胃菜要了鱼子酱和比目鱼押寿司、蒸鲍鱼。我想，人大概无论在什么场合都能马上习惯的吧？

*

在戴高乐机场的出租车站里，我第一次站在"先生"的身边。通往巴黎的高速公路拥挤不堪，我们花了近两个小时才到达旅馆。在出租车里，"先生"只是向司机说了要去的目的地，就再也没有开口，和我也没有说一句话。如果前面放着一台照相机把我们两个人拍下来的话，那会是一种什么样的形象啊。可能是因为飞机上没有睡足的缘故，我感到眼睛的深处很疼痛，但大概是因为窗外的风景难得一见，我虽感到很累，却没有出现幻听和幻象。巴黎，阴沉沉的。

那家旅馆处在巴黎的哪一区，是几星级的，我都一概不知。我只依稀记得大堂里很昏暗，地毯也是湿漉漉的。我觉得搬运行李的侍者身上穿着的制服很可爱。侍者趁"先生"不注意朝我眨了眨眼睛。他长得不英俊，所以我丝毫也提不起精神来。"先生"

使用的是法语而不是英语。如果是英语，我也能听懂一些。

"我去洗个澡，你把行李稍稍整理一下。""先生"这么吩咐我。

也许是心情关系吧，我感觉到"先生"的语气里有一种奇妙的东西。是"害臊"之类的东西。

害臊？

在毛发的幻象或狗叫的幻听将要出现时，我对所有的人和事物都会产生那样的感觉，即一种害臊的征兆……我会产生一种不仅仅是人，就连事物都在向我撒谎的感觉。那样的时候，我会觉得就连没有生气的墙壁、天花板、地板都好像在对我撒谎。那是一种非常微妙的感觉。就是说，如果连墙壁也会感到害臊的话，那就成了喜剧里的世界了。

墙壁为什么会感到害臊？

因为墙壁正在注视着我，而且我也能看见它。那宛若一对镜子，看着墙壁的人，注视着我的墙壁，注视着看着墙壁的我的墙壁，看着注视着我的墙壁的我，看着注视着看着墙壁的我的墙壁的我，注视着看着注视着我的墙壁的我的墙壁，永无止境地相互反射着。然而，那种永无止境的反射，各自都是毫不相干的。只要我是我，即只要我是想确认自己的那种人，原因就在我自己的身上。我除了责怪自己之外，一筹莫展。

墙壁或"先生"表示出害臊的征兆，是因为可怜我。比如，我在无意中猛然将舌头伸到下颌，或将屎尿拉在身上，或像狗一样四肢着地地趴着。我连自己都还没有察觉，就被排除到游戏之外，而且还认真得不能大声发笑，所以只能被怜悯。其实是把我当作傻瓜想发笑，因为可怜，才在表情上浮现出"害臊"的征兆……以前"先生"的脸上没有那样的表情。这是怎么回事呢？那种不堪忍受的讨厌的幻听和幻象又要袭来了吗？还是心理作用自己吓唬自己？"先生"是因为有什么原因才变得怪诞了呢？……如果真是"先生"变得怪诞了，那么我该怎么办？对巴黎，我一无所知，语言也不通，旅行还只是刚刚开始，却……总之，总要说些什么。也许所有的一切都是我的错觉，仅仅只是感到疲劳罢了。

嗯……不会马上就去摩洛哥吧？

"定好在巴黎待两天，如果工作没有结束，也许还要稍稍延长一些。呀！对了，如果马上去摩洛哥的话，我想行李还是不要打开的好。"

我点点头。如果能这样对话，我就能够静下心来，而且我们的关系就能够和好如初。只是在陌生的城市里感到紧张、神经有些过敏了。到医院里来探望我的父亲对我说过：……你要记住，要学会欺骗自己啊。这不是糊弄自己，也不可能是羞辱自己。真知子，你的情况是神经太敏感，输入大脑里的危险信号太多，所以大脑最后就会败下阵来，难道不是吗？那就需要欺骗自己……我想见父亲。窗外是被厚密的云层覆盖着的石头城市巴黎。远处看得见以前在绘画明信片上看到过的教堂。记得那座教堂是建造在蒙马特山上的。这家旅馆的所在地是在巴黎的什么地方，这间房间是在第几楼，我都一无所知。我叮嘱着自己，虽然很怀恋父亲居住的那个家，但住两天就腻味了，肯定又会思念那条肮脏的小巷。现在这旅馆里的房间虽然很陌生，但只能习惯这里了。

"你还没有习惯旅行，这也是无奈之事。即使只住一两天，行李也要打开啊。可以从大箱子里取出来，整齐地放在壁橱里或抽屉里。何况盥洗用具和内衣裤总要用吧？如果光取这些东西，皮箱里会被翻乱的。呃，对了，说起内衣裤，我想起来了，我想在巴黎为你买内衣裤。巴黎是正宗的，在欧洲，有很多性感、漂亮的丝绸内衣。这附近就有一家虽小而品种齐全的商店，我们休息一下以后去看看吧，反正也要吃午饭了。"

我站起身紧紧地抱住"先生"，仿佛要赶走充满在房间里的"害臊"的感觉。我已经很久没有自己主动扑进男人的怀里了。在我的记忆中，至少这十年里没有。

"你瞧你瞧，简直像个孩子一样。"

"先生"托着我的下颚抬起我的脸，吻着我的前额和我两边的面颊以及我的嘴唇。

还不把你的名字告诉我吗？我的名字叫"真知子"，写成"知道真实"，我姓"黑泽"，就是"黑色的沼泽"。

"名字不那么重要……""先生"说，"以前，有一部电影叫《花落莺啼春》，你知道吗？"

我摇了摇头。

"孤独的中年男子，这是哈迪·克鲁格扮演的，你知道哈迪·克鲁格吗？"

我又摇摇头。

"这是我喜欢的演员，他在霍华德·霍克斯执导的影片《哈泰利》和《逃脱者》里都担任角色，是德国籍人，'哈迪·克鲁格'是从军队里逃走的吧？不对，是从精神病医院里逃走的？反正是那种感觉，为了躲避大家的目光，他在一个村庄里孤独地生活着。而且吧，有一天，他遇上了一个十三岁的漂亮少女。"

为什么大家都要谈论电影呢？记得那个黑西服男子也谈起过电影。就是那个在西新宿高层旅馆的窗边带着我跳贴面舞的男人。当时我的心情非常宁静。

"他频繁地和那名美少女幽会，我记得还有一个漂亮的湖，他们总要往湖水里扔石头，两个人一起望着湖水里的波纹扩散开来。那好比是一种仪式，我是非常理解的。两个人吧，只是眺望着扩散开来的波纹，这有多么的美好，我很能理解，你能体会到吗？"

我试着想象。季节大概是在秋天吧，而且还是初秋的时候，穿着毛衣还不会感到有多么寒冷，即使在太阳底下也不会晒得皮肤发痛，就是那样的时候。几乎没有风，树叶根据不同的种类开始染上不同的色彩，有湖泊的森林不会那么深邃，至少不会是针叶树。很长时间没有下雨，两人坐着的草地是干的。投进湖里的小石子不可能多得唾手可得，还要在草根处仔细地寻找。

"少女没有把自己的名字告诉他，但'哈迪•克鲁格'也决不会特地想去问她。而且少女说了，说在男人的生日，过圣诞的时候吧，要送他一件非常珍贵的礼物。那就是系着缎带的白色箱子里放着一张纸片，上面写着那位少女的名字'西贝儿'。"

那是她真实的名字吗？是不是她的真名，这也许已经没什么太大的意义了。

"我非常喜欢那部电影，大概是受电影的影响，我很不愿意第一次见面就马上相互把自己的名字告诉对方。相互之间爱恋时，名字这些东西当然是不重要的。"

但现在我们是一起在旅行啊！侍者在喊名字，我却没有发现那是先生你的名字，那有些说不过去。我说道。

"我叫神原，名字叫吉雄。吉雄这个名字，我讨厌。有没有鲁钝的感觉？所以你至死也不要喊我吉雄。"

叫"先生"，那么叫什么先生？

"我们一起上床，以后即使到分手的时候，你也什么都别问。这和头衔、名字之类毫无关系，我们有着某种相通的东西，我说得不对吗？"

我离开"先生"的身边走到窗户前，拔去金属卡子，推开窗户。窗户上的铁把手已经锈迹斑斑。我一推铁把手，窗户便向两边打开，石头城街角上的喧嚣伴随着寒冷的空气一起直扎我的肌肤。我想自己大概是在这陌生的城市里紧张了，所以才觉得累的。"对不起。"我这么说着，没有离开窗户，也没有将身子转向"先生"。

"你不用道歉，我以前只因在美国研究过新材料，就在日本有名的私立大学里当上了教授，当时还只有二十多岁。现在企业的力量很强大，企业就把我当作了'先生'，我在大学里待了六年，受到的伤害却很大。不仅仅只是嫉妒和险诈，怎么说好呢，这么说吧，那个地方纠缠着与我们两人认识的那种感觉完全相反的东西。就是那样一种地方。什么出生的城镇啦，父母的籍贯和身份啦，参加哪个高尔夫俱乐部啦，朋友中有几个身份高贵的人啦，观看首演的歌剧时一定要穿着无尾礼服啦，等等，在现在这样的季节里，时装发布会的请柬每星期都会收到十几封吧。"

"先生"走近窗边，从身后搂着我的肩膀，拂去我的头发吻着我的脖颈。"先生"的嘴唇比巴黎的空气还要阴冷。

"在房间里你不用这么称呼我。你喊我'先生'尊重我,我觉得是一种讽刺。现在我已经辞去大学里的工作,只和朋友一起开了一家公司,那家公司是出售新材料技术信息的,因为我有一个专利是前置钛压缩工程的,所以收入比在大学里时高了几十倍,工作又很称我的心,但以前受到的那种伤害,也许怎么都无法消除了。所以遇上像你这样的人,我很想让你喊我'先生'。"

像我这样的人?我想问他我是什么样的人,但我没有问。"先生"走进浴室里,不久传来淋浴的声音。

我是什么时候从窗边回到沙发上的,我自己也记不清了。我在窗边久久地眺望着石头造的街角。窗户的紧下边是一条很狭窄的街道,勉强可以通过一辆车。人们局促地行走着,车慢吞吞地行驶着。附近有家花房,空气中弥漫着连枝带茎剪下的鲜花的娇嫩水灵的香味。一名骑自行车的少年和提着很多纸袋的老太婆大声争吵着。他们为什么争吵,在争辩些什么,我听不明白。花房里走出一个老板模样的人把他们从花房门前赶走。少年骑着自行车远去,老太婆对着他的背影叫嚷着什么。她那鸟叫似的声音,我听不明白它的意思,却感到毛骨悚然。那以后,我发现自己深深地埋在沙发里。我听着"先生"的淋浴声,眼皮却渐渐沉重得不堪忍受。我想不把窗户关上会感冒的，身体却懒得动弹。老太婆的叫嚷声屡次在我耳膜的深处重叠着响起，接着我仿佛觉得和花房的胖老板目光交织，还微微地笑着，但我不知道现实中是不是真的发生过。我一闭上眼睛就会睡着，窗外吹来的冷风会让我患感冒，不把窗户关上不行，我这么想着，好几次睁开了眼睛，但每次那饰有花边的窗帘都在我视线的右角像幽灵般地跳跃着。这种似曾经历过的错觉即记忆幻觉带来的图像，应该称为什么呢？我和"先生"一起在一个从来没有去过、从来没有听说过，然而却十分熟悉的森林里的湖泊边并肩坐着。

"这里是德国奥得河畔法兰克福附近的森林，这森林叫克罗涅伯格。"

"先生"说话时嘴唇没有动。我是腹语术师，"先生"像是木偶。

"而且，这是你在梦境里看到的呀！"

我们轮流向湖里投石头，石头全都像落在沙地里，像雨滴似的被吸进去，没有出现企盼中的波纹。湖水像烂泥似的稀溜溜地起着波浪。我在梦里想，在如此起伏着的湖面上是不会出现什么波纹的。

地图！老太婆叫嚷着。

我吓了一跳，竟然完全醒了，但饰有花边的窗帘和淋浴的声音仿佛在对我说，你再睡一会儿。于是我又闭上了眼睛。眼睑深处的黑暗里有个朦朦胧胧闪着光的东西，我想那大概是窗户吧。那紧边上还有个白色的东西在飘扬着。我睡着了，但能够切实地感觉到自己眼睑的纤薄。

请你买张地图。老太婆用法语叫嚷着。她在窗户的另一边。意思我听不太明白，但我想我绝对应该买一张地图。如果手上没有地图，我会被杀的。

"这是在做梦。"

"先生"这么说着时，他的脸变成猕猴桃园的那位精神科医生，他继续说着台词：你的脑子是清醒的。

"是梦见了以前的猕猴桃园。"

以前？这个"以前"是什么时候的事？

"你只是忘了那件事，你总是以各种形式预先知道以后的事，你害怕那些事，就躲进了幻象和幻听里，而且你总是把自己逼进绝对无路可退的地步。你到了这里就知道我是一个残忍的人。你应该察觉到那个穿黑西服的人也是很残酷的，那个女孩子被装在玻璃钢制的照相器材箱里，正如你预知的那样，她的身体被粉碎后冲到下水道里去了。"

我感到害怕，想抬起眼睑，但与睡意相反的力量强有力地支配着我的脖颈和肩膀，不允许我醒来。那股力量不是出自其他什么地方，而是从我的体内喷涌而出，令我感到十分怀恋。我的意志强忍着腻烦的幻象和幻听，努力抗拒着眼看就要唤起幻象和幻听的本能。我体内的器官毫无缘由地感应到"伊维萨"这个地名。我的意志和器官超越恐怖显露出它的身影，在命令我不要醒来。我服从了。不是因为其他什么东西，而是因为我一直是服从着自己的器官生活过来的。"先生"在石头造的街角的小型女性内衣商店里为我购买了黑色和红色的丝织内衣。他到出版社工作的朋友家里去，一边喝着卢瓦尔白葡萄酒，一边说"吃午饭吧"。我在他那个朋友的家里被两个外国人轮流侵犯着，受侵犯的过程还被摄进照相机里和录像里，我的脸和其他部位总共被殴打了四十二次……这些事不是作为影像或语言，而是作为有可能发生的预兆，作为一种信号在我的体内扩散开来。这样的现象，我还是第一次感受到。不久，我怀着在自己房间里举行眺望铬锅流仪式时的心情醒了过来。我不知道前面会有什么样的事情等着我，但现在我的心情是非常宁静的……

洗澡的声音停止了，"先生"腰上围着浴巾，与白色的蒸汽一起出现。

"……我要去一个在出版社工作的朋友那里，你也一起去吧?"

对了，我如果要从他这里逃走，首先就必须买一张地图。我心里想。

你从来没有说起过要去朋友那里，我说道。我既不像是对着那个从浴室里出来的白色蒸汽和腰上围着浴巾的"先生"，也不像是对着躲在随风飘动的窗帘背后的幽灵说道。那仿佛是一种金属的声音，不是我自己的声音。我似乎觉得那声音不是出自我的嘴里，而是我的头盖骨里有个孔，那声音是从那个孔里出来的。

"怎么回事，你发什么火？我会有你不认识的朋友，而且我也不觉得所有的日程安排都应该一五一十向你作汇报！"

我不能容忍这个男人所有的一切，因为我对他太了解了。我用金属或涂沫过重油的声音从头盖骨的那个孔里说道。他不知道铬锅的仪式。铬锅是我在小巷时一名客人劝我一定要使用的。在那之前，我一直使用防腐铝锅，但一个剃着光头、没有眉毛的男子在做爱时，问我在家里是怎样使用那些锅子的，又说别使用铬锅，会把金属毒滞留在体内的。在铬锅里放入三分之一的水，用强火烧煮，首先最初的热量就会使镜板那样明亮的锅子内侧蒙上一层水气。到整个锅子都被热量包围时，水气消失，水开始微微地晃动。这个晃动是沸腾的前兆，它不是跳舞，而是一种昏厥。随着晃动，水的边缘会发出声音。锅子内侧的铬会把水面上贴近它的水进开，不久，随着锅底的震荡，水泡开始冒上来，在水的表面破裂。沸腾有一股力量，这种力量被认为是一种常态。这是地球上的水，我觉得我把这种水看作是经常应该沸腾的。那种想法非常平静，一直持续到水在铬锅里化为乌有为止。我拿起放在果盘边的小刀，瞄准了腰上围着浴巾的那个男子的脖子。这小刀不是餐厅里那种圆头的小刀，而是削水果用的尖头小刀，所以一想象到刀子撕裂皮肤插进肉体时的模样，刀尖就颤抖起来。"你向我隐瞒着什么？我有心理准备，无论多么残酷的事我都愿意接受，所以你应该告诉我。"我的声音好像金属。

"怎么回事？你在说什么？我听不懂你在说什么呀！"

男人做出一副不擅长暴力的模样。"我全都知道，就连你是罪犯我都知道！"我拼命叫嚷着，嗓门响得甚至连悬吊在天花板上的破旧的小型枝形吊灯都摇晃起来。男人像足球中的佯攻那样绕到我的右边，一把抓住我的手腕。我咬着他的手，一屁股坐在毛毯上，用脚不停地踹他。这时浴巾从他的腰上落下来。印着旅馆名字的白色大浴巾落在中东花纹的鲜红地毯上时，我听到了颇感怀恋的声音。那是经常在精神病医院边的猕猴桃园上空飞过的自卫队飞机螺旋桨的声音，医生们说那是侦察机。男人打我的太阳穴。小刀从我的手上滑落到地板上，我睁开眼睛，"先生"正好在我眼前，我笑了起来。

"对不起，我打了你。"

"先生"扶着我坐到沙发上，用冷毛巾捂着我的太阳穴。

"不过，你到底是怎么回事？"

我摇着头。连我自己都不知道。那究竟是什么呢？是我体内的什么东西显形了。就好像在常见的魔幻电影里，魔鬼在一瞬间会露出它的原形。

"你……是说你经常会那样吗？会自己控制不住自己？"

不是的，不过……我歪着脑袋把毛巾翻过来，说了个谎：大概是累了，又是第一次来巴黎，心里安静不下来。其实我已经习惯了巴黎的空气，而且和劝我买地图的老太婆也相处得很好。

"是吗？也许是我不好，我这个人做什么事都很着急，你外表看起来很大大咧咧的，有的地方却很细腻，何况即使不是这样，国外也是一个让人神经绷紧的地方。"

恰如爬行类动物打破硬壳获得诞生，在被人关注下显形时，我获得了勇气，虽然感到害怕，却能够坦然面对。因为我发现自己的意志变得现实了。应该给它起个名字吧，我满脑子想着这个事。和"先生"的对话，我已经不在乎了。"先生"已经不是一个实体，只是透明的窗帘而已。

"怎么样啊？睡一会儿？还是去吃饭啊？坐飞机长途旅行，感觉肚子不太会饿，其实并不如此。"

去吃饭吧。我回答。与关在房间里相比，我更想接触巴黎的空气，而且我无论如何要买一份地图。

地图，地图，我用英语这么一说，旅馆服务员便微笑着将地图递给我。地图折成四折，背后还有地铁线路图。穿过旋转门走到后面，看见小巷里有一家花房。我和"先生"沿着与小巷相反的方向去了大街上的咖啡店。街头的行人都把大衣或外套的衣领竖起着。寒风凛冽，但人行道上，那阳光底下的桌子边还是有人坐着。我们走进咖啡店，坐在能眺望街景的靠窗桌子边，吃着像比萨、吐司一样的东西。"先生"对我说，这种小吃名叫"咬先生[1]"。

"刚到巴黎，一切都还很陌生。不过，你觉得怎么样，这巴黎?"

只是觉得寒冷，我回答。很多地方即使在日本也能够想象出来，唯独不知道气温怎么样。

"和从来没有来过这里的人一起结伴旅行，我以为会是很单纯的，感觉到紧张也在情理之中吧。"

侍者过来问我们要不要在咖啡里加牛奶，我回答说"加"，于是就端来了牛奶咖啡。是个年轻的侍者，满脸微笑，一头漂亮的金发。我用手比划着说了个英语单词，再加上不停地做动作，才总算问清了他的名字。他的名字叫乔埃尔。我给在我的体内显形

---

1 Croquet-Monsieur，一种经典法式火腿干酪三明治。

的意志取了个相同的名字。"你的名字叫乔埃尔呀!"我搭讪着，"以后你还要帮我啊……"

"我想多了解你，我还想多说说自己的事。你可以不用喊我什么'先生'。对了，喊我神原吧? 我只是讨厌吉雄这个名字呀。你看看周围。"

我不可能想见乔埃尔时就能见到它的。不过，我觉得需要训练。乔埃尔随着窗帘的晃动而出现时的情景显得很恍惚。就好像陷入极浅的睡眠里和"先生"说话时那样，努力想要与现实契合的自我意识处于假死状态时，该怎么样才能有意识地酿造出这样一种状态呢? 我打量着店内，眺望着大街。店内有两对客人。一对是穿着帆布胶底运动鞋的学生模样的情侣，另一对是两名穿着毛皮大衣的中年女性。情侣是啤酒和法国面包做成的三明治，中年女性是白葡萄酒和奶油果馅饼这样的组合。可是，那是怎么回事呢?

"刚才说巴黎很冷吧。这是一种实际的感受，那种感受是非常重要的。就是说，不亲身到巴黎来体验一趟，就根本无法体会冷到什么程度。周围的人当然会感觉到我们的存在，不过也当然不知道我们是什么人，甚至还看不出我们是日本人还是中国人。就是说，我们现在什么东西也没有带。你能明白我说的话吗?"

"先生"的脸上充满着"愧疚"。他在为什么事而感到愧疚呢?

我结识乔埃尔后心里才保持了稳定，所以他的愧疚不是因此而产生的，应该是在他自己的内心酿成的。毫无疑问，他肯定隐瞒着什么。他隐瞒的不是我的失态和错位，而是导致他感到愧疚的秘密。

"你是有预知能力的吧。"

我不会有的，乔埃尔知道。

"你不要误会啊。我不可能是罪犯，只是我。怎么说呢，有些虚荣，爱撒谎。我的确在美国上过大学，不过不是哈佛，不是康奈尔，也不是麻省理工学院，而是在没什么人知道的办在乡下的市立大学，镇上没有一家酒吧和迪斯科舞厅，住在那里的人全都胖得圆滚滚。那个镇里，早饭大家都要吃四个烤饼。"

我想起在新宿高层旅馆里遇见的那个黑西服男人。乔埃尔告诉我，他把女孩子肢解了。就是那个男人。我想起和他曾跳过片刻的舞，我想象出他把女孩子碎尸后放入下水道冲走的情景。这恰如眺望着铬锅里的沸水的情景。是一种仪式。黑西服男人忧郁地看着那副情景，他搂着我的肩膀对我说：你也许还不能理解，这样的录像能拯救世界，你虽然不愿意那么做，但为了拯救很多人，这也是无可奈何的事……我把那样的情景甚至连细节都刻进头脑里，就像注视着铬锅里的沸水那样深深在印在脑海里。我的内心里形成了一幅美丽的风景画，乔埃尔以游客出场的感觉出现在那幅画中。这个人物只不过是一个轮廓，一个剪影，背后好像照射着强烈的光。乔埃尔对我说：这个男人说的话全都是谎话，即便是真实的，从他的嘴里出来也就全都变成了谎话，他这个人只不过是为了说谎才活着的。

"我不是因为成绩优秀才去美国那所乡镇大学的，是我父母估摸着没有办法管我，才把我送去了美国。我父亲从战前起就做贸易商，我是第二个儿子，个子又长得矮小，大哥是个强硬派，干什么都不肯服输，所以我常常挨打。高中只读了一半，我就和那些与朋友一起开着车来迪斯科舞厅的女孩子厮混在一起，把她们带到横滨和汽车旅馆里，其中一人的父亲在电视台很有地位，所以我们受到了起诉，在日本终于待不下去了。你很厉害啊，怎么说呢，我说不好，总之你很厉害啊。向刚认识不久的人这样东拉西扯地诉说自己的事，我还是第一次，我大概也累了吧？喝点保乐力加的佩诺茴香酒怎么样？这是苦艾酒，不过要掺了水喝，巴黎人都喝这酒，掺巴黎水也可以，你喝吗？"

我摇了摇头。"那么，我就再来一杯牛奶咖啡。"乔埃尔告诉过我，在这个男人面前，无论遇到什么事情，都必须保持清醒。一群脖子上挂着照相机的团体游客在外面的大街上走过。"是美国人吗？"我这么喃语着，于是乔埃尔便回答我说："是的。那些美国人没带在欧洲城市里穿的衣服，穿着原来的T恤衫、牛仔裤、茄克衫，脚上穿着帆布胶底运动鞋。那样的打扮在美国也只有西海岸才有。那些人不知道这一点，所以一眼就能看出是美国人。我以为你早知道了，其实只有美国人才是世界第一的乡巴佬，比博茨瓦纳人、棉兰老岛人、加拿大爱斯基摩人、拉普兰德人还要乡巴佬。说起鸡尾酒，他们只知道杜松子酒掺开胃水，说起法国菜，他们只知道蜗牛。这个男人说他到那种美国的乡镇去读过大学，你可以试着问问他是哪个州的哪个镇，那所大学叫什么名字，他肯定回答不上来。他只是把你当作是一个淫荡而无知的女人，也许是想把你卖给阿拉伯人或什么人呢。在皮加尔[1]的偏僻处有个阿拉伯的黑社会组织，专门买卖东方女人。日本女人最受欢迎，价钱也要高出一位数。他们的女人来源不是通过不务正业的流氓去找，而是直接找那些来巴黎后什么事都干不了又回不了日本的、没有廉耻的下三烂女人。你要靠着自己的才能获救。"

"你瞧，茴香酒一掺水就会变得混浊。这个吧，魏尔伦和兰波这些诗人也喜欢喝啊。"

呃，是哪里的大学？

"呃？"

你说的美国的乡下，是哪里？是哪个州？

1　巴黎蒙马特山脚下的街区，是著名的红灯区、红磨坊歌舞厅所在地。

"我真服你了，原来你是个喜欢没完没了刨根究底的人。嘿，你还是饶了我吧。"

"先生"喝着白色混浊的酒害羞地笑着。乔埃尔也在我的内心里笑着。我眺望着大街。穿着带兜帽的彩虹花纹大衣的幼儿，和穿着厚厚的皮茄克、围着长围巾的父亲模样的男人牵着手走着。彩虹花纹大衣与这石头垒起的街道十分相配。一看见幼儿，乔埃尔的轮廓眼看就要消失了。我想起了女孩子被割断的大腿和铬锅里的小气泡，我凝神冥想，勉强将乔埃尔的剪影留住。乔埃尔好歹还牵挂着我。我累了。看来要留住乔埃尔，就必须殚精竭虑，保持清醒。"你试着问他是西海岸还是东海岸，或者是中西部还是南部、北部，这个男人什么都回答不上来。"

"你这个人真是奇怪啊。明明你不想打听什么，我却偏偏想把一切都告诉你。我在美国很不注意养身，把身体搞坏了，幸好不是肝炎，却把胃弄坏了，大概是太劳累了吧。因为你也已经注意到了，我的英语不能说得很完美，我回日本后接受手术，切去了半个胃，以后我又变得有些怪诞起来，大家都没有看出来。精神这个东西，受内脏的影响极大，唯独精神才是物质的呀！"

是西海岸吗？

"呃？"

我说的是你的大学。

"嗯。说是西海岸那就西海岸，我真服你了。我刚才说的话，你根本就没在听吧。我觉得和你很投缘，我们做爱很默契呀。"

我什么也没有说。我直勾勾地注视着"先生"，"先生"把目光避开了。

"你也许真是一个可怕的人。我越来越看不懂你了。"

我大概能主动向乔埃尔说话吧？我好像不能沉醉在日常的对话中。看来危机能够唤来乔埃尔。

"你这个人在想什么呀！胃被切去后，我的食欲也只有以前的一半了。而且我觉得细胞吧，好像整个儿全都变了。所谓的人吧，看来真会脱胎换骨的，细胞这个东西好像每天都在更新，因此就是在一天里，都不可能有一个相同的自己呀！我们始终在得到新生，一看见你，我的这种感觉就变得极其真实。你这个人也变了，和刚开始见到你时相比，已经不一样了。简直就像从外表也能够看出你体内的细胞在发生着变化。"

不许他说谎！乔埃尔这样摇撼着我的神经。我说：你的肚子上没有动过手术的痕迹啊。我用从头盖骨那个洞开的孔里发出的声音说道。

"这个……是用激光做手术的。是作为试验吧，痕迹不太能看出来。"

就是激光手术，也会有痕迹留下的吧。

"你在想什么？这里是巴黎啊！你是想激怒我干什么事吧？你想一个人被扔在这里哭吗？"

再激怒他，揭穿他的谎话！乔埃尔这样摇动着我的神经：你不会变成迷路的孩子，也许这个男人愤怒到极点会起身离开的，你先从这里回旅馆，在服务台将美元换成法郎，同时收拾好行李，搬到左岸的旅馆去。你给旅馆的门卫一千法郎的小费，托他预订圣佩雷斯这家三星级的旅馆，那里是日本的时装界人士，而且还是不太有钱的时装界人士借宿的旅馆，小巧玲珑，十分整洁，你在那里会遇见各种各样的人，这个男人也会追来，但你可以不理睬他……"我不想惹你发火呀，不过我讨厌说谎。"

"有时候有诚意的谎话能够让人感到温馨。你不知道吗？"

我觉得说谎者是人渣。

"先生"满脸涨得通红，他站起身，从口袋里掏出一百法郎放在桌子上，然后离开了咖啡屋。

我没有马上回旅馆。我一边啜着已经冷却的牛奶咖啡，一边眺望着大街。乔埃尔已经从我体内消失，我觉得外面隔着玻璃的巴黎离我很近，也变得更亲切了。

我一路上想着乔埃尔回到了旅馆里。乔埃尔现在已经不在我的体内。我尽管没有吸毒的经历，但总觉得麻药之类的东西也许和乔埃尔很相似，乔埃尔出现时，我觉得自己变了，不是遇见另一个自己，而是一瞬间得到了苏醒的感觉，比以前任何时候都更需要凝神和清醒，所以神经很疲惫。乔埃尔一消失，我就会感到不安，担心他不会再出现在我的体内。假设那个乔埃尔是我意志的化身，那么意志这个东西也许就是从他的身上独立出来的。"先生"在旅馆的大堂里等着我。我先到服务台把所有的钱兑换成法郎，一共是一万三千四百法郎。还要回到房间里去整理行李，但钥匙在"先生"身上。"先生"攥着我追进电梯里。他一脸的愤怒，但我丝毫没有感到害怕。我走出电梯来到房间跟前。"呃，刚才很抱歉，我想在房间里休息一下啊。"我嗔娇地说道，并隔着裤子碰了一下他的下身，"先生"的表情立即柔和下来，变得色迷迷的。走进房间时，他搂着我的肩膀想吻我，于是我横眉竖眼地板着脸对他说：我不是向你撒娇！

"你想要干什么？"

"先生"又唠唠叨叨说了很多话，但我一概充耳不闻，把一个小时前刚拿出来的衣服和化妆品重新塞进箱子。

"你什么都不知道，巴黎这座城市非常漂亮，却也是一个非常可怕的地方。你如果出事，你会说是跟着我来的吧，到那时我会处于什么样的处境，你要好好地为我想一想。我的声誉，我的社会地位，全都会一败涂地的。首先，你现在要去哪里？巴黎的旅馆无论是一星级的还是没有星级的，事先都绝对需要预订！"

"先生"说的话尽管可能没错，但全都是谎话。我走出房间时说了句"你不要跟来"，"先生"精疲力竭似的吐了句"混蛋"，便一屁股坐在沙发里。唯独最后那句吐出来的话不是谎话。

我按乔埃尔教我的那样花了一千法郎，门卫为我办妥了一切。他打电话到圣佩雷斯旅馆，以单身青少年的身份订了个双人房间，时间是三天。门卫还帮我把行李搬到出租车里，告诉司机我的目的地。"我的、旅馆，不要告诉、我的、男朋友。"我用英语这么结结巴巴地说道，于是他用英语回答我：我、知道。他还向我眨了眨眼睛。

我变成孤身一人，整个巴黎从出租车的车窗外向我涌来。出租车司机是个东方人，我问是不是中国人，他回答说是越南人。要说我所知道的越南，就只是什么时候在战争图片集里看到的越共和农夫。那本图片集在尽管有着妻室却总在情况合适时把我喊去搂抱我的男人的公寓房间里，这个男人是个自由职业者。"这里是协和广场。"出租车司机这么告诉我。他不可能伸出手指点给我看的，所以现在出租车行驶着的这一带，大概就是这么称呼的。全部都是用石头垒起的，风景简直就像是用广角镜拍摄的照片一样。地方宽阔得无法全部收入视野，右端只看得见埃菲尔铁塔的尖顶。司机用手指着一溜长得漫无尽头的建筑物说：那是卢浮宫。我想起中学的美术课。我不会想起陈列在那所著名美术馆里的绘画和雕刻，而是想起上课学透视画法时的情景。那个年老的矮个混蛋美术老师在爱鸟周里只让我们在招贴画上画小鸟、鸟巢、雏鸟、鸟蛋之类的东西，除此之外什么都不许画，还自以为了不起似的说什么欧洲发现的透视画法是近代才传入日本的。他的教师资格证书肯定是战争结束后趁着混乱获得的。如果视野有这么开阔，如果有长得望不到尽头的建筑物，即使不用什么发现，透视画法也是早就存在着的。

早就存在的。

我又喃语了一遍。

早就存在着的。

我再喃语，

早就存在着的。

那不是幻觉，是我亲眼看见，这石造的建筑物是在我出生很久以前就存在着的，是我亲眼所见，这就是证明。当然同时也证明着我的存在。在精神病医院猕猴桃园的另一边那形状怪异的天文台，被铁丝网围着的白色建筑物，它刺激了我的想象力。它让我产生了梦想。这里的建筑物感觉截然不同，很像用链锯切割女孩子的那个男人。"我、三年前、来、巴黎。"越南人司机这么说道，"塞纳河、皇家桥、圣日耳曼大道。"这个越南人司机一边用手指着，一边说，"越南、杀人、被人杀、可怕、欧洲、没关系。"然而他却什么都不懂。所谓的"存在"，就是杀戮的历史。杀戮使欧洲得以存在。下次问问乔埃尔吧，他也许会说我的想法是正确的。

*

圣佩雷斯旅馆就坐落在圣日耳曼大道向右拐进圣佩雷斯街的不远处。住三天没什么问题，但房间的准备工作还需要三十分钟，我只好在餐厅酒吧里等着。这家旅馆比与"先生"一起入住的那家旅馆小了很多，但有一个设有喷水池的内院。圣佩雷斯街停满汽车，行人纷沓，非常拥杂。旅馆的入口处、大门、服务台等都十分局促，丝毫也看不出里面还有一个内院。服务台写字桌的紧边上有一个餐厅酒吧的入口，站在服务台写字桌前能够看到那个内院，因此餐厅里的餐桌隔着玻璃围绕着内院。内院里还有喷水池、圣母雕像、盆栽的观赏植物。喷水池的基座和圣母雕像都用白色石头垒成，上面覆盖着一层薄薄的绿苔。餐厅和酒吧还关着门，里面很昏暗。坐在沙发上望着内院，女侍者为我端来了意大利蒸汽咖啡和小甜饼，她们一副以前电影里看到过的那种贴身婢女的打扮。沙糖粗得就像沙石磨碎似的，小甜饼的形状参差不齐，但软得放进嘴里不用咬就融化了。我喝干了意大利咖啡，谢绝了续杯，在沙发上坐了约莫十分钟，就在这时，那个日本男人出现了。他坐在斜对面的沙发上，个子不那么高，却显得很倜傥。不知为何，他神态和动作都十分流畅，自然根本就没有注意到我。他带着一个金属小箱子，箱子那迟钝的光泽令我的心里一阵悸动。不久出现一个身穿黑色皮套装的金发女人，在日本男人的边上坐下。两人一边喝着啤酒一边说着什么。他们说的不是法语，好像是英语，语速很快，我听不懂。女人直勾勾地望着我莞尔一笑。她的金发每一根都卷曲着，十分柔软，眼睛的颜色像阴霾的天空一样呈暗灰色。

"如果你不在意的话，我们一起喝啤酒怎么样?"男人向我搭讪道。

我想知道金属箱子里装的是什么东西，便移动了座位。

"你是一个人?"

是的。

"是住在这家旅馆里吗?"

是的，刚刚到达，好像房间还没有准备好，所以等着。

"我叫小林，是摄影师，她叫勒芙斯，懂一点日语，是模特儿，也会跳舞。"

"我、在京都、待过、几天。"手臂纤细的勒芙斯说道。她的嗓音很嘶哑。

"是在巴黎工作?"

小林色彩艳丽的毛衣外面套着绿色短上衣。勒芙斯的香水味非常浓烈。"不是工作。"我回答。紧接着我产生了一种想把实话告诉他们的冲动:说起来你们也许不会相信,我,一个我连名字都不知道的人约我一起去摩洛哥,给了我头等舱的机票上了飞机,当然,那个人是个男人。

"摩洛哥?"

小林把我说的话翻译给勒芙斯听。小林和勒芙斯好像都不知道如何回答我才好。小林并不显得精瘦,却给人一种老辣的印象。

"什么时候到巴黎的?"

今天,是今天早晨到的。

"今天?"

小林和勒芙斯两人面面相觑。

"那个男人呢? 他也住在这里吧?"

没有。我摇着头回答:已经分手了,是我一个人来这家旅馆的,是乔埃尔介绍我的。

"噢,巴黎有朋友吧。"

不是朋友,乔埃尔这个名字,是我的化身。

"化身?"

两人一副大惑不解的表情。小林好像不知道如何把"化身"

的意思向勒芙斯解释清楚。

"你说的化身是什么?"

他们大概以为我的脑子很怪异吧,也许他们不敢相信,而且我以前还在精神病医院里待过,因此连我自己都不知道它的意思。

"请等一等。"

两人交谈了很久时间,小林开始觉得我有些麻烦,勒芙斯却好像对我颇感兴趣。我不愿意被这个灰色眸子、金色头发的漂亮女性误解。请相信我!我低下头不断地无声喃语着,希望能把我的意思传递能勒芙斯。我仿佛觉得小林在说:日本的女人中这样的人特别多,她们突然来到法国,既没有朋友又花光了钱,脑子真的变得古怪起来了。

我没有说谎

我没有说谎

我没有说谎

我没有说谎

我没有说谎

我没有说谎

我没有说谎

没有任何反应。我的喃语没有传递给勒芙斯。

"你没有遇上什么为难的事吗?"

小林这么问我。我摇了摇头。没有遇到什么难事，只是一个人孤零零的。

"我也住在这家旅馆里，所以有什么事的话打个电话给我，或者留个口信。我的房间号是 61。你叫什么名字？如果方便的话，希望你能告诉我。"

我把自己的名字"黑泽真知子"告诉了他们。于是，我和小林、勒芙斯的关系就结束了。"那么，再见吧。"他们两人从沙发上站起身来。虽然我已经习惯了孤独，但被人觉得我是一个爱说谎的、脑子有病的女人，我不堪忍受。难道不能把乔埃尔召唤出来吗？我想起了链锯。我的头脑里浮现出将要被切割的女孩子的大腿，锯子切入肉里的声音，四处飞溅的肉片末。我捕捉着血沫的轮廓。我内心十公里左右的深处出现岩浆，看得见岩浆的边缘有乔埃尔的人影似的影子。要和他说话却离得太远，他不愿意帮我转告一下吗？还是乔埃尔原本就是我的意志的体现，别人不会感受到他为我发送出去的信息波吗？把"我没有说谎"这句话传递过去，把"我没有说谎"这句话传递过去，把"我没有说谎"这句话传递过去，像慢动作那样渐渐离我远去的勒芙斯的背脊瞬间颤动了一下。她朝着入口处走去，在刚走过服务台写字桌的地方停下了脚步，回头望着我。我一边对乔埃尔的影子祈祷着但愿能做出有生以来最灿烂的微笑，一边向她微笑着。勒芙斯停下脚步，久久地注视着我的微笑。小林催着她说：快点呀，你干什么？但她毫不理会小林的催促，朝我走来。

"你、对我、做了、什么？"

我、没有、说谎。我说出英语的单词。

"今天夜里、在皮加尔的、高、八点、见面吧。"

勒芙斯这么说着，又不停地回头看着我，一边走出了旅馆。我在印有"圣佩雷斯旅馆"标记的茶垫背后记下了"皮加尔""高""八点"。

房间比"先生"的旅馆狭小，家具都是老式的，触摸到涂了几十次清漆的桌面，心情会变得十分怀恋。天花板上的电灯像丘比娃娃那样脑袋尖尖的，灯罩上画着吹笛子的少女。一看见黄色和橙色之间的灯光，我就仿佛觉得哪里在唱催眠曲。我向乔埃尔道过晚安后，决定一直睡到傍晚。

五点钟时我醒来了。我还记得"皮加尔""高""八点"这些关键词。我在地铁线路图上寻找皮加尔。"高"这个词，从语感上来看大概是日本料理店，所以估计到那里后向什么人打听一下就能知道的。"皮加尔"这个车站，乘坐橙色或灰色的线路就可以到达。"圣佩雷斯"这个词是用英语读的，如果用法语，就是"圣贝尔"。那个门卫大概是见我不会讲法语，才热心地告诉我是"圣佩雷斯"。乔埃尔也说是"圣佩雷斯"。难道乔埃尔也说不好法语吗？
离这家旅馆最近的地铁站是圣日耳曼宫。但是，要从圣日耳曼宫
去皮加尔，就必须在奥迪翁剧院和塞夫尔-巴比伦这两个车站里换
车。我是第一次乘地铁，最好是半途中不用换车。我好不容易找
到去皮加尔的橙色线路，然后马上就找到了巴克街车站。如果是
巴克街车站，沿圣日耳曼大道走去，大概只有两三分钟路程吧。
我只在钱包里塞了一千法郎，剩下的全都锁在房间的保险柜里。

　　圣日耳曼大道上绵延着七叶树，那都是街树。没有人来怔怔
地打量着我。早晨空气很干燥，但我却感到吹在脸上的风有些湿
润。我抬头仰望天空，天空低低地垂挂着厚实的云层，简直像要
掠过建筑物的顶端。一对年轻的情侣一路走着，边亲吻边说话，
两人脖子上都围着奇长无比的鲜红围巾。一位好像几乎已经停下
脚步的一身黑色打扮的老太太戴着黑色丝绒的手套，手上紧紧地
握着两根法式面包。巴克街地铁站那卷帘式铁门已经拉下了一半。
这大概就是所谓的"新艺术[1]"吧？卷帘门上用弯曲的铁条描绘着
蔓藤的花纹。我走进卷帘门里，有些昏暗，出售地铁车票的窗口
已经关闭。还刚过五点钟，地铁的运营就已经结束了？这不可能。

1　20世纪初以法国为中心兴起的一种美术流派，其构图以曲线美为特征。

大概可以不用车票进站台吧。我听到从站台那里传来地铁通过的隆隆声,一个穿着帆布胶底运动鞋、挎着一只大背包的女孩子跑过我的身边到前面去了,我也跟在她后面奔跑起来。即使没有车票,入口处那三根控制进站的铁棒仍会"咔嚓咔嚓"地转动。站台上包括我在内有四组乘客,刚才那个挎着大背包的女孩子,穿着不知道是黑貂还是水貂却显得很昂贵的皮毛大衣的高个子老太太,两名估计是从中东或北非来打工的、打扮粗陋的男人,对面的站台上空无一人。过了至少有二十分钟。大家都坐在长凳上或看报或抽烟或不停地看着时间。巴黎的地铁乘客会这么少吗?还是光这个车站列车次少、乘客也不太多呢?我在想,如果真是这样,即使有换车的麻烦,也应该在其他大车站里上车的。这时,那个挎着大背包的女孩子向我搭话。我一点儿也没有听懂她在说什么。"法语、我不会说、对不起。"我对她说。于是,她在站台上朝着刚才过来的方向跑过去,而且又跑回站台来,嘴里叫喊着什么。接着穿皮毛大衣的老太太和两名打工仔都慌慌张张地离开了站台。我也跟在他们的后面。原来是地铁出口处的卷帘铁门关上了。我们所有的人都朝着外面大声叫喊。我丝毫也不知道发生了什么。两名打工仔从里侧试了试打开卷帘门,但又摊开双手表示不行。我顿感不安,恍若发生了核战争,大家包括我在内都一起对卷帘门又砸又踢,过了一会儿才终于打开了三分之一。外面开始下雨，老太太、女孩子与一位为我们打开卷帘门的站台员模样的男子语速极快地交谈着。"是罢市！"阿拉伯人打扮的打工仔对我说道。罢市？肯定是指罢工吧，地铁罢工。时间是五点四十六分，我走进车站对面的咖啡屋取出地图。我察看着大街上的车流，几乎没有空着的出租车。在下班的时间里，又下着雨，再加上地铁罢工，这样的时候即使在东京要拦到出租车也是极困难的。离约定的时间还有两个小时，从这里过去，皮加尔正好处在正北方向。我的手上还有地图，看来距离并不是远得我不能步行过去。

低垂的云层下着雾一样细密的雨，给人的感觉水滴不是落下来而是飘下来的。我把去目的地皮加尔的路程分为三段，第一段是通过皇家桥到卡鲁索广场，第二段从卡鲁索广场经过皇家宫殿到歌剧院，第三段从歌剧院经过特里尼泰公园到红磨坊。

因为我觉得，在皮加尔广场上，把目标确定为红磨坊，这样比较容易找到。我不知道皮加尔广场与其他广场相比是否有什么明显的标记，但红磨坊剧场我在照片上看见过。是红色的风车。将风车作为最终的目标走去，这不是很浪漫吗？

我像做角色扮演游戏那样，把这三段小小的冒险历程分别称为"通往卡鲁索的秘密入口""歌剧院的决战""在红磨坊的历史性胜利"。首先，我必须过桥。

我在巴克街走了一段，衣襟和肩膀都被雨淋得有些冷起来。

还没有走到二十分之一，我就退缩了。这很糟糕。寒冷会夺走我的勇气，而且如果全身淋得像落汤鸡那样，红磨坊也不会欢迎我。

名为皇家桥的旅馆对面有家精品店，我花了八百三十法郎买了一件雨衣。我的头发会有些湿，但如果将衣领竖起来，就能挡住寒冷和风雨。一位简直就像用马蒂斯的绘画技法在厚实的嘴唇上把口红涂抹得鲜红的大娘为我找了一件适合我的雨衣。她还让我看了手套和皮带、长统靴，但我还没有到达"卡鲁索的秘密入口"，所以我不可能乱花冤枉钱的。我朝着大桥走去，一路上望着在橱窗里映现出来的自己。橱窗里陈列着如珠宝般的巧克力蛋糕、如巧克力蛋糕般的珠宝，还有像古董椅子似的铠甲，像铠甲似的古董椅子，它们和用雨衣武装着的我的映像重叠在一起。

左边看得见奥赛美术馆院子的一角。动物的雕像，在建筑物的背后只露出一半身影的雕像，表面被雾雨淋湿后发着黑光映出灰色的天空。一走到桥头上，视野豁然开朗。

塞纳河上雨烟氤氲。对面隐约可见的大概是西岱岛。我走到皇家桥的中央伫立着。所有的一切都被烟雨淋湿着。塞纳河两岸排列着的建筑物如同在表现迷人旋律的音符，鸟群在它们的紧上边飞翔着。用灯光装饰的游览船缓缓地向远处游去。记忆幻觉向我袭来。我曾经在什么地方见到过这样的景色。那不是透过灰色的垂纱见到的景色。也不是一切都被贴上了灰色面纱的景色，而是在我无法想象的地方有个光源，它透过云层这一厚实的膜照射出来的。我在哪里见到过这样的景色呢？大概是在母胎里吧？大概就是那个时候看到过透过母亲的皮肤射进来的阳光吧？还是在生命形成之前，比如不过是氨基酸的一分子的时候，即宇宙线的一部分的时候，眺望着作为反射镜将地球照耀成乳白色的月亮的时候吧？

"对不起。"一位穿着雨衣的中年绅士撑着雨伞问我：你、遇到、什么、难事了？我能、帮你吗？

我没关系。我微笑着回答。

今天、地铁、因罢工停了、下雨、出租车也拦不着、巴黎、很狂热。

绅士的语气充满着歉意，简直把罢工和下雨都当作了他自己的责任。用不着那么歉疚的！绅士离去后，我对着塞纳河喃语道。

巴黎、很漂亮……

我在"通往卡鲁索的秘密入口"稍稍绕了些道，走进杜伊勒里皇家花园里。我眺望着同性恋者的人群。他们躲开雨和行人的目光坐在树荫下的长凳上，有的只是默默地坐着，有的在灯下看着书等着伙伴的到来，有的吻着边上少年的面颊，有的将手放在黑人的后背画着圆爱抚着，有的将恋人的金发放在膝盖上拉小提琴，有的两只手分别牵两条狗。他们呼出来的气息因为寒冷而显得白浊，同样削瘦苍白的手颤抖着。

空气在旺多姆广场上失去了色彩。路易十四的纪念塔，据讲解员说好像是用拿破仑的大炮战利品熔化下来的青铜铸造的，恰似一个文身的男根。它的四周是石块垒起的广场，再外面是一圈似乎拒绝无特权者进入的宾馆、珠宝店、精品店、丽兹酒店、尚美、梦宝星，还有乔治·阿玛尼等。在二楼的窗边，面容端正得如同雕塑一般的男人向外眺望着，发现我在抬头张望，便向我招了招手。大概是乔治·阿玛尼的店员吧，我也向他挥了挥手。于是，他指了指天空，做了个面对寒风用双手抱住身体的动作，又摇着头表示很不喜欢，最后给了我一个飞吻。

晚上七点，因为观察同性恋者的生态，与阿玛尼的店员打了一会儿手语，稍稍多花了一些时间。我要快些赶路。看得见歌剧院时，与日本人的旅游团擦肩而过。他们欢快地大声说着什么。"第三次""霞慕尼""鹿肉""宣传""枯叶"这些日语单词刺激着我的神经。我仿佛觉得，假如我的神经是咸鲑鱼子那样的红色颗粒，日语的声响就会把它"咔嚓咔擦"地碾得粉碎。旅游团中有一个人直勾勾地注视着我的脸，而且突然离开队伍朝我走来。

对不起，你在新宿和我见过吗？他问我。

大概是我在小巷里拉客时的客人吧？那时我和近三十个男人睡过觉。这家伙是其中的一人？我笑着摇了摇头。

对不起，你长得很像我一个熟人。男人这么说着，回到因为不知道他有什么事而停下脚步等他的队伍里。"歌剧院的决战"结束了。虽然我不清楚会怎么样，但好像没有输。

我在特里尼泰公园里寻找厕所，但没有找到。街道的拐角上有个收费厕所，但发生故障不能使用。我走到一条叫"布朗什"的街上，街灯变得稀疏。我看见黑暗处有一群男人在吸烟，还有女人一个个孤零零地站立着。这条道好像是巴黎的一条小巷。店门内有驼背男人转来转去的酒吧多起来。我在路上走过去时朝里面窥探，灯光昏暗的店内还有穿超短裙的女人。也许是因为时间尚早和下雨的缘故，里面没有一位客人。我不停地走着，盼望着能看到红磨坊，但不久便憋不住跑进了一家点着半熟鸡蛋一般的黄色霓虹灯的店里。我不停地说"很抱歉""打搅了"，在柜台上放了二十法郎，说着"厕所""厕所"，脸涂得雪白的胖女人瞪大眼睛指着楼梯底下。这家看起来不太正经的小店，洗手间却十分整洁，乳白色墙壁上没有丝毫涂鸦。我向她们道谢着正要走出小店，脸涂得雪白的胖女人用飞快的法语将我喊住。我不知道她说什么，回过头去，她正隔着柜台向我招手。她又朝着柜台的深处大声叫喊，喊出一位几乎会被人误以为是小孩子的矮个子老人。她好像是吩咐那个矮个子老人对我说什么。

日本人？那个矮个老人这样问我。他的一只眼睛好像是假眼。

我点点头。

跳舞、会吗？他又问我。我摇了摇头。胖女人和矮个子老人商量着什么，还不停地做着手势，其间胖女人用手掌拍打了矮个子老人的额头。矮个子老人失去平衡倒在柜台里面。矮个子老人想要爬起身，胖女人用穿着金色凉鞋的脚轻轻地踢了他一脚。老人个子矮得异样，脸盘却比普通人大，尤其额头很大，也许是因为头发很稀薄，所以额头就显得更加开阔。胖女人也许以前是跳舞的，脚的动作极快。她用右脚踢去，身体却没有失去平衡。也许是空手道，但无论空手道在国外发展到什么程度，在这样的场合里一点儿也不会讲英语的人要学会东方的武术，这是难以想象的。而且，胖女人只是脚脖子处十分纤细。她那用黑色长筒袜包裹着的大腿和小腿肚，比我父亲重建房子时壁龛前的立柱还要粗，但脚脖子与我的脚脖子却没有多大的差别。因此，金色凉鞋与她非常适合。就是那双金色凉鞋，在日本也是很少看见的。在日本的乡镇里，比如取手或川越那些几乎没有学历的女招待，为寻求放松，大白天与同性恋男人一起去吃烤鱼套餐时，就喜欢穿这种金色凉鞋。这种鞋基本上都是塑料的，在塑料中灌入金色涂料，在后跟处加高。我每次看到那种后跟加高的金色塑料凉鞋，就会想起印度祭祀时使用的大象。不是说凉鞋的什么部位是大象的鼻子、什么部位是大象的脚，而是凉鞋的整个儿感觉就像是经过装饰打扮的大象。这个女人脚上的凉鞋不是塑料的，到处都是金属，比如覆盖脚背的带状部分以及鞋底的前端等，给我的印象是在月球的沙漠中行进的皇族骆驼。脑袋大得异样的矮个子老人一副不知道骆驼为什么在踢他额头的表情，躺在地上好一会儿不愿起来。他的那副表情原本就是一个地道的丑角。在以前母亲常常带我去的、散发着动物排泄物气味的杂技团里，跌落在地上的丑角的表情既像在哭泣，又像在发火，也像是在嘲弄什么。矮个子老人表现出来的就是那样一种表情。难道他戴着假面具吗？要不就是化过肉眼看不见的、并非白粉和胭脂的妆吧。就是说，他的脸上覆盖着一层薄膜。但是，他们两人之间有着一种亲近感，有着一种信赖。那是一种即使被对方杀害也不足为奇却又不会自相残杀、在一起相处从来就没有相互了解过却又十分默契的关系。

也许那个胖女人即老板娘丝毫不会说英语，所以叫稍稍会些英语、平时自诩跟着巴黎解放时进驻巴黎的美军学过英语的同伴来讲讲看，但依然无法沟通，所以才斥责他。但是矮个子老人争辩说：不，这个女孩既不是英国人也不是美国人，而是东洋人、日本人，所以即使讲英语她也不懂。他一个劲地这样争辩着，所以胖女人才打他踢他。大概是这样的情节吧。

我正要离开，老板娘从柜台里走出来，追在我的身后。矮个子老人发出呻吟声。肯定是老板娘踩着了他的手或什么地方。老板娘扭动着脸上的皱纹朝我笑。她抚摸着头发，用小猫喝牛奶时的音色说：真漂亮。

她说的是"真漂亮"这个意思的法语。

真漂亮。

我怎么会听懂了呢？"真漂亮"这个意思的法语，我是第一次听到，却……

我审视着老板娘脸上的每一根皱纹，无声地想要把"你的凉鞋也真漂亮"的意思传递给她。于是，老板娘的表情变得怪异起来，脸上的皱纹按着某种特定的规律蠢蠢地蠕动着，目光落在凉鞋上。

我再次为借用她的洗手间而向她道谢，然后走出了小店。我向前走了有十米远，一走过刚刚新漆过的呈六角形墙壁的建筑物，前面就能看见红色的风车。时间是下午七点五十五分，我像堂吉诃德那样朝着风车跑去。

在红磨坊的周围，在郁金香花园的边上，排着一溜大型观光汽车。游客从汽车上慢慢地下来，像被风车吸进去的蜈蚣那样排成一串。来自各国的游客，穿着深色服装围着游客不肯散去的皮条客，远远地望着他们的妓女，更远处好像与狗屎一起被扔在黑暗处似的男妓，我穿过他们中间向右边走去。从右侧对着风车的正面走去，应该有一个皮加尔广场。皮条客朝着日本男游客连声喊着"性服务"，一边想要把他们拉到小酒店里去。满目皆是阿拉伯人。还有一溜为那些阿拉伯人开设的、出售土耳其烤羊肉串和羊肉的商店，一副女装打扮、嘴角淌着血蹲在地上的男妓，还有怀抱着婴儿乞讨的乞丐。皮加尔广场只不过是一块小小的空地。"在红磨坊的历史性胜利。"我喃语着。所谓的胜利，无疑都是乏味的。怎么样才能找到那家叫"高"的酒店呢？我在一张已经损坏了一半的长凳上坐下，想把乔埃尔唤出来。我想在头脑里描绘出那把锯断女人大腿的链锯，但即使我不在头脑里描绘，乔埃尔也马上出现在那里了。即使不在体内寻找他，即使不凝神苦思拼命呼唤他，乔埃尔也在他只要想触摸我的喉咙处马上就能够触摸到的地方。"我在等你呀！"他对我说。也许在这近两个小时独自赶路期间，我的意志就一直陪伴在我的身边。

那家"高"在哪里？我问。

"高"是一家日本餐厅，就在离这里步行五分钟左右的地方，是一个叫"松冈"的日本人在经营，菜肴做得很香，在以巴黎时装界人士为主的爱打扮的人群中很有人气。那是一家小店，餐桌只有六张，所以必须预约才能进去。而且那个叫"松冈"的人非常厌恶日本游客，所以旅游指南书上根本没有登载。这个皮加尔的治安之差至今在巴黎还是数一数二的，尤其是科西嘉岛的黑社会退出、阿拉伯人涌来以后，情况就更糟糕。在烟卷店和汉堡包店之间有一条狭窄的小巷，你可以沿着那条小巷过去，要当心野狗，而且还有最下等的男妓在拉客，但只要温和地朝他们微笑着就不会有什么危险，尽管放心！那条道弯弯曲曲的，半途还有楼梯，反正沿着那条道往前走，就能看到日本字"高"了。

穿过印着"高"的暖帘，一名日本中年男子说着"欢迎"迎上前来。这名中年男子大概就是乔埃尔说的非常厌恶日本游客的店老板。他是憎恨日本游客，憎恨的而且还是团体游客所代表的日本的某种东西。我也非常憎恨。那东西如果是一个圆形，便是圆润的圆环，被封闭着，通风不佳，因为高温多湿而释放着腐臭。就是说，这位店老板也拥有一种意志。店老板也许看出什么来了，他意味深长地、直勾勾地注视着我。

勒芙斯和小林坐在最角落的餐桌边，勒芙斯显得很高兴，小林有些嫌麻烦似的朝我挥了挥手。

"你好。"

你好。

我在勒芙斯的边上坐下。

"怎么、来、这里的？"

小林为了让勒芙斯也能够听得懂，故意慢慢地、断断继继地说着日本话。

走着、来的。

"走来？你很、熟悉、道啊。"

因为有、地图。

"下雨、没、关系吗？"

没关系。

我们吃着生鱼片和寿司、烤鸡肉串，喝着白葡萄酒。

"你、真的、第一次、来、巴黎吗？"

勒芙斯问我。我点点头。其他客人和我找到这里来时的路上见到的那些人，好像属于截然不同的人种。我和小林是日本人，没有其他的日本客人，也没有人直勾勾地打量我们。他们身上的服装怎么都不是一句话就可以形容的。有的人穿着很正式的礼服，还有一伙人按意大利风格穿着北非的民族服装，也有人像表演哑剧似的穿着一身黑色的针织衣裤。他们全都毫不在乎别人。

"你、在干、什么？绘画、写诗、还是搞服装、设计？"

我摇了摇头，把在小酒店里用厕、那里的老板娘和她的同伴那些有趣的事说给他们听。我还提起了老板娘的凉鞋。要说得能让勒芙斯听得懂，这很费力。但勒芙斯非常喜欢听我说话，大概比听日本游客的"第三次""霞慕尼""鹿肉""宣传"之类的日本话感觉好多了。

不久白葡萄酒喝完，小林让我看一张照片。那是勒芙斯只穿黑色内衣四肢趴在床上的照片。勒芙斯睨视着照相机，背后有一面椭圆形镜子，看得见从内裤里溢出来的臀部。

真漂亮！我无声地将这个意思传递给勒芙斯和小林。勒芙斯微笑着，小林则感到很惊讶。

"我想拍、一张、你和、勒芙斯的、两个人、在一起的、照片。"小林说。

"在巴黎、摩洛哥、还有、伊维萨，我们、女同性恋者。"勒芙斯说道，吻了我的面颊。

*

翌日，我在看得见内院的餐厅里进早餐，吃了羊角面包和牛奶咖啡。昨天夜里在"高"吃了晚饭以后，我们乘小林驾驶的小型红色汽车先后去了两家迪斯科舞厅里玩，在三家酒吧里喝酒。途中小林和勒芙斯好几次问我要不要睡觉，我快乐得不能自制，连一个哈欠也没有打。第一家迪斯科舞厅叫"黑珍珠"，那里大多是黑人和阿拉伯人，弥漫着一股强烈的生肉味，勒芙斯告诉我说这是阿拉伯人的腋臭。我因为不会跳迪斯科舞，所以在日本时几乎从来不去迪斯科舞厅，即使偶尔和朋友一起去也从来不跳舞。"黑珍珠"与我在日本所了解的迪斯科舞厅相比，无论室内装潢还是照明、跳舞的人都截然不同，尤其是黑人的汗臭和阿拉伯人的腋味令我变得完全放开了。我莫名其妙地感到如坐针毡，勒芙斯拉着我的手，等我回过神来时，我已经在拥杂得像在地铁里那样的地板上跳着萨尔萨舞，合着拳击般的节奏扭动身体。我感到焦虑，也许是因为和勒芙斯一起在迪斯科舞厅的厕所里用吸管从鼻腔里吸了干燥的白色粉末的缘故。就像极其寒冷的地方从天上掉下来的雪，一吸入鼻腔，鼻腔的深处就会发痛，走出厕所挤过人群回到桌子边，一喝啤酒，喉咙就变得又黏又沉。

"小林、可卡因、不行。"勒芙斯把手指放在嘴唇上做了个"不能说"的手势。

与小林相比，我更喜欢勒芙斯，所以我很高兴我们两人有了秘密。我感到焦虑，我知道这是因为我自己兴奋起来了，但这种兴奋与在新宿小巷拉客时是不一样的。新宿小巷里有一种封闭的感觉，现在在"黑珍珠"里，被阿拉伯人酸溜溜的腋臭味包围着时，我就发现那是不一样的。我一直以为我是想摆脱某种柔软而腐臭的东西才站在小巷里的。所谓的"腐臭"的东西，就是像那个叫"有平"的公司科长的目光之类的东西。有平离婚了，其原因是有钱的妻子红杏出墙，他反过来获得了赔偿金，开着意大利汽车，戴着瑞士手表，穿着英国大衣，他个子也比公司里其他男子高，在公司里与三名女子有交往，其中两人已打了好几次胎。他还一厢情愿地有着一种奇怪的自信，以为我也希望被他拥在怀里，因此总是用那样的目光看着我。我非常厌恶有平那种类型的人，所以无法忍受他那样的目光。那种目光象征着巨大得无可抵御的腐臭，而且还是最最典型的腐臭之一。诸如有平目光那样的东西，在那个国家里与其说到处都有，还不如说这个国家本身就是靠着那些东西才成立着。从道路工地上的工人贴在后背的无袖衬衫，到夏天拥挤的地铁车厢天花板上旋转着的通风机，从揉灭吐在横道线上的烟蒂的穿着合成皮革鞋的脚尖，到直升飞机在摩天大楼楼顶上降落时那蜻蜓似的影子，统统是腐臭的一部分。它们像圆那样连接着，所有的东西都在那个圆内呼吸着。我自以为站在新宿的小巷里就是站在那个圆的外面，用冷冷的液体濡湿到大腿，在"黑珍珠"里我才知道那是错误的。黑人们拉着我的手要和我跳舞，这时勒芙斯总是来为我解围，说"这是、我的、重要的、朋友"。黑人们的欲情温柔地包围着我，勒芙斯的欲情和恍惚的可卡因秘密帮我把它们温和地隔离开来。此时我才第一次觉得自己站到了圆的外面，这才知道新宿的小巷还是在圆内。不过这不值得后悔。勒芙斯和黑人们，还有萨尔萨舞曲，都这样在为我合唱。我全身因汗水而变得滑腻腻的，喉咙仿佛被堵塞着，我陶醉在那种黏乎乎的快感里。我们去的第二家迪斯科舞厅里几乎没有跳舞的人。

"这里的、迪斯科、舞厅、是浴室、改建的。"勒芙斯告诉我。

我见地上铺着瓷砖，心想巴黎大概也有澡堂吧，其实不是，也不是大型的私人浴室，好像是名叫"赫马姆"的摩洛哥式蒸汽浴室。我是靠着改建成迪斯科舞厅的蒸汽浴室地面上的瓷砖，才第一次接触到摩洛哥。舞池比设有桌子的小包间低一些，角落里穿着奇装异服的黑人乐队演奏着不知道是什么流派的舞曲。听上去像是雷鬼，也像是非洲旋律，又像是带东方风格的节奏。他们穿着北非游牧民族那种长到踝骨的连衣裙，上面穿着破烂不堪的衬衫，或饰有铆钉的黑色纳粹皮制服，或日本年轻姑娘穿的长袖和服，或披着阿尔卑斯山的少女海蒂那种带波形褶边的宽松短外衣，头上戴着印第安人的羽毛头饰或矿工用的头盔，或缠着头巾。

"这里、在巴黎、是最脏的、俱乐部、所以没有人、跳舞。"小林说道。

的确是一家肮脏的俱乐部。我的身上还留着阿拉伯人的腋臭味，有个戴着眼镜、一条腿用松叶杖支着的男人独自跳着舞，他是这个由蒸汽浴室改建成的迪斯科舞厅内最健康的人。"我以前是赛车手或职业滑雪运动员，事故永远陪伴着我，我连粉碎性骨折都不顾，这不太好，不过如果觉得这事是一种好运来临的预兆，那么明天就会充满着希望。这世上残疾远比我严重得多的人还有，来迪斯科舞厅就要跳舞，就要活动身体证明自己还活着呀！"他带着这样的信念，不喝酒也不吸毒，脸上流露着微笑不停地跳，感觉就像肉眼看不见的铁丝已经将他的脸固定在笑的造型上，又好像是将笑着时的照片作为假面具贴在了他脸上。就是说，他虽然是一张笑着的脸，但扭曲成半月形的嘴唇和眼角的皱纹即使经过岁月的冲刷也没有丝毫的变化。喷涌而出的汗水积聚在他那纹丝不动的皱纹和嘴唇上，在来自天花板的灯光的沐浴下闪着光，又一滴一滴地落在瓷砖上。这位颇像伍迪·艾伦的男子跳着舞，还不时地将松叶杖当作吉他，做出拨动琴弦的动作，一条裤腿哗啦哗啦地舞动着，有着一种非现实的感觉。只是，几乎所有的客人都没去看他。在他跳舞的时候，乐队的演奏结束，"伍迪·艾伦"带着他那张固定的笑脸走出俱乐部离去，舞池里出现一名长发的中年男子，穿着好像在争辩说"只有我这么一件"似的藏青色粗花呢西服套装，戴着红色和黄色相间的水珠花纹的领结。

表演开始！男子拿着话筒大声说道，摊开双手。这时，小林一边小口啜着啤酒，一边乏力地深埋在沙发里注视天花板。

"小林、吸 LSD、以前是、嬉皮士、所以、他喜欢、旧药品。"勒芙斯说道。

她向我解释说，她和小林做爱只做过七次，但因为觉得乏味，所以他们俩现在已经不是恋人关系了。走进舞池的那位粗花呢西服上打着领结的瘦个子男人好像是催眠师，他让一个喝得烂醉的年轻金发男子半坐在钢管椅子上，用手指敲他的额头使他四肢变得僵硬。强烈的灯光从两个方向直射年轻男子的两边面颊。"那个男子、法国人、不懂、德语、但他、用德语、问许多问题、不仅仅只是问、还用什么、暴力拷打……"我用日本话喃语着。我这么喃语着，瘦男子叫喊着什么，于是"年轻的金发"便颤抖着身体说自己很难受，脚不停地抖动着。客人们有的叫骂，有的高兴得鼓起掌来。年轻男子流着眼泪被放开了，回到桌子边时不住地向催眠师道谢。他大概是以为催眠师帮了他吧。我问勒芙斯这种玩意儿怎么会在迪斯科舞厅里表演，她回答我说：这种事，没有人知道。没有想到接着催眠师会喊我。勒芙斯阻止我，但我从喉咙到胸口都发黏，感觉就好像连接神经和神经的螺栓松了几颗。我走到催眠师的面前，有几个客人还鼓起了掌。在巴黎最脏的迪斯科舞厅里，我是少数民族。催眠师长着一张像被希特勒大量屠杀的东欧人那样的脸，一知道我听不懂法语，便用英语对我说话，一知道我连英语也不完全听得懂，便很遗憾地让我回到座位上去。已经松掉了几颗螺栓的我没有回到座位上，客人们也埋怨着说不要让少数民族回到座位上去。如果在以前，这对我来说这是不敢想象的，我不会失去羞耻心，也不可能变得厚颜无耻。某个硬被关闭着的电路被打开，感觉血液流淌得非常通畅。我被东欧人那样的催眠师催促着，和刚才那个青年一样坐在钢管椅子上。

"闭上眼睛，将内心里的杂念排空。"瘦瘠的催眠师对我说。我的心总是像洁白的画布那样清纯。我的额头被用力地戳了一下。

不是用手指，而是用电钻扎的。我仿佛觉得皮肤裂开，骨头被打了个孔。我没有感觉到疼痛，但我觉得额头上被钻出了一个细小的空洞，一个无可挽回的孔。我感到唯独我一个人被放置在这黑暗的深洞里刻琢着木雕。我的意识非常清晰，但除了自己额头上那个钻出的空穴和把自己关闭着的那个黑洞之外，什么都不能去想了。当我强烈地想要有所依靠时，我却听到了表示"你是猪"这个意思的英语。所有的一切，我都很明白。这里是迪斯科舞厅，我正在接受催眠，猪是丑陋的动物，但有人说我是猪，这是奇耻大辱，我仿佛觉得要洗刷这种耻辱就只有变成猪了。那是一种充满着疼痛的感觉。我遭人嫌弃，甚至没有人来理我，就连母亲和上帝都讨厌我，全世界都希望我消失。这是一件很残忍的事，如果当着我的面说出来，我就会受到伤害，所以周围的人都在窃窃私语，而且还带着嘲弄。就是这样一种状况。要做到洁身自好就会变得痛苦。我体内的细胞告诉我，如果做些什么越轨的事就会很快乐。和以前一样，我这么一想，差一点儿从钢管椅子上站起来。站在新宿小巷里拉客的时候，听得到幻听的时候，我一定会发生那样的事。就是，身体想要朝着疾病的方向逃避。如果变成猪就能够从所有的束缚中解脱出来，另一个"我"在不停地这样喃语着。那个"我"与我自己相比更容易得到周围人的理解和爱护。后来我问了勒芙斯，据她说，那时我坐在椅子上喃语着莫名其妙的咒语，表情痛苦地扭曲着，甚至让人担心我的脸是否会裂开。催眠师发现不妙，便在我的耳边击掌或轻推我的背脊，但我还是没有醒来，迪斯科舞厅里笼罩着紧张的气氛，勒芙斯见状变得心惊肉跳起来。我已经不听催眠师说的话了，只顾与我头脑里的社交意识作着搏斗。只是，"你是猪"这个社交式的命令还残留在我的潜意识中没有彻底消融。我没有想到要召唤乔埃尔。如果将我自己的意志的化身召唤出来，也许可以轻而易举地把"猪"赶走吧，但我觉得在巴黎最肮脏的俱乐部里的余兴节目中，要使出最后的绝招，这是一种怯懦的行为。乔埃尔也可以不来啊！我这么喃语时，在洞穴里发现了闪光的细芽。那细芽好像是皮加尔广场前那个色情酒吧老板娘高跟鞋的鞋尖，又好像从小林那辆小型汽车的车窗里眺望到的埃菲尔铁塔灯饰的一个碎片。那细芽究竟像什么，我已经不在乎了。重要的是，它非常漂亮，而且像即使遇到热也不会融化的雪，又像映在水面上、遇到风也不会摇晃的灯。我决定要让细芽长大。我每天观察水的沸腾时间长达一个小时，将碎片的闪光放大对我来说易如反掌，只要将它反复分裂、放大就可以了。光在我额头上产生的孔里扩散着，充塞了那个孔。我从那孔里溢出来，光在那个封闭我的洞穴里扩展着，扩展到整个洞穴。

活该！

我喃语着。又说了一遍。

活该！

于是，周围的一切事物全都破碎，我爆发性地笑了起来。就好像哥斯拉要用嘴里喷发出来的放射线将东京塔熔化一样，我用爆发性的笑支配着整个迪斯科舞厅。这件事，后来我也问了勒芙斯，据她说，大家都以为我已经疯了。我笑着睁开眼睛，又停下笑睨视着催眠师。能量在光的增殖过程中得到积蓄。我用所有的光的能量大声地叫嚷着"见鬼"，那叫声就像滑稽剧中的绕口令一样朝着催眠师的大脑中心飞快地扎进去。于是，令人不敢相信的事情发生了。催眠师用莫名其妙的语言——据后来勒芙斯说是波兰语——短促地叫了声什么便昏倒了。他一屁股坐在瓷砖地上，像被击中脊椎的士兵那样垂下头一动不动。当时在迪斯科舞厅里的人全都亲眼目睹了我用具有物理性能量的语言击中了催眠师。大家都看见了像霹雳、像电一样的东西。

"你、拥有、神奇的、力量。"

离开迪斯科舞厅后，我们在酒吧里时，勒芙斯说道。小林问我：你从很早以前起就有各种精神性的能量吗？我微笑着摇了摇头。在下一家酒吧里，大家仍然谈论着我的超能力，我没有说话，只是不停地喝啤酒。他们将我送到旅馆里，我下车时，勒芙斯紧紧地抱着我，将舌头伸进我的嘴里。像这样会使身体的深处产生一种痒痒的、慌慌的、跃跃欲试的感觉的接吻，无论是来自女性还是来自男性，我都从来没有体验过。走进房间在床上一躺下，全身的皮肤便到处都蠢蠢欲动起来。也许是因为整整四十个小时没有睡觉的缘故吧，我将被单拉到脖颈处，不久便微笑着陷入了沉睡，而且一直带着微笑，直到七个小时后醒来。

"法国、面包、香吗？"

一进来就吻我面颊的勒芙斯在和小林一起坐到我的身边时这么问我。

我点点头，又喝了一杯浓咖啡，去道德败坏的香榭丽舍大街工作。

住在那套公寓里的是一位英国人股票经纪商。从外观来看，那是一幢很普通的、没什么特别的建筑物。按了内部对讲机，铁门打开，里面有一个十分宽敞的院子，如果是小林使用的小型车，可以停放五十辆还绰绰有余。院子的四边还有雕塑，中央有一个快要被巨大的鱼吞没的少女造型的喷水池。内院里有通往不同房间的专用台阶，电梯也有五部。股票经纪人是个满脸胡须的小个子男人，与奥地利金发情人住在一起。小林是那个情人的朋友，我和勒芙斯租借了一个洛可可风格的房间扮演女同性恋者，房间里收藏着许多中世纪的乐器、波德莱尔的初版书、勃艮第的白葡萄酒。

小林要我们只穿黑色和红色的奇形内衣，要拍摄我们相互搂抱的照片。我说那样做很单调乏味，应该要有情节。我得到了勒芙斯的支持，于是即兴创作了一个情节。勒芙斯是一个为妹妹积攒学费而给一名老人做情人的同性恋女人，用金钱收买了一个贫困的日本人后不知不觉坠入情网。就是这样一个故事。带有华盖的床被选为第一拍摄现场，小林开始布置灯光。

第二章　蒙特卡洛的幽灵

　　拍摄的准备工作全部结束的时候，中年英国经纪商来招呼我们，说午餐已经准备好了。"糟了！"小林嘀咕道，"我们不需要吃什么饭呀！"那个小林的老朋友、奥地利金发女郎用英语说："去吃饭啊，听说你们要来，他昨天就去卢瓦尔买葡萄酒，今天早晨还赶到圣米歇尔去买鳟鱼。"

　　英国经纪人的名字叫约翰斯顿·克洛契，他头发稀少，肩膀狭窄，手指粗糙而拙笨，却留着灰白的胡须，几乎没有男人的阳刚气概。据小林介绍说，约翰斯顿是一个极其无聊的巨富，他以巴黎为据点向全世界的股票进行投资，只要靠电话和呼吸，一分钟之内就会有一万法郎进入他的账户里。同时，约翰斯顿还是智商一百八十以上的人组成的世界级俱乐部的成员，他的父亲是南

伊维萨

英格兰某位贵族的玫瑰园的园艺师，他是父亲的第二个儿子，他依靠灵活的头脑，作为英国犹太人的成功典范，甚至登上了法国《费加罗报》的经济栏目。我们被带到摆着细长型餐桌的餐厅里，一边眺望着开阔的庭院和香榭丽舍大街，一边懒洋洋地吃着午饭。

小林用日本话提醒我不要吃得太多。如果吃得太饱，精神和肉体都会失去情欲。开胃菜是酒过1962年酿造的波尔图葡萄酒的甜瓜，色拉是洋蓟和羊肝，主菜是黄油烤面拖鳟鱼。葡萄酒是约翰斯顿特地从农家那里好说歹说才买来的1986年酿造的卢瓦尔白葡萄酒。做菜的是原来在布鲁塞尔米其林二星餐厅待过的年轻厨师，为我们斟酒上菜的是胖得圆滚滚的、像北京烤鸭那样只要剥去皮蘸上调料就会吃得很香的黑人女性。我在心里感叹，我如果是个摄影师，就要从这顿饭的场面拍起。俯视着香榭丽舍大街进餐是一件很令人扫兴的事。性无能的中年富翁兼犹太人血统的股票经纪人，和靠他生活的年轻金发女人迪尔。迪尔没穿内衣，外面套着一件像是日本和服似的衣服。摄影师早先是迪尔的恋人，这件事犹太人也知道。勒芙斯脚上穿着黑色的无带浅口轻便鞋。她脱去鞋子，用脚趾摩蹭我的小腿肚。我用舌尖剔出洋蓟籽撒在羊肝上。卢瓦尔的白葡萄酒和透过花边窗帘的阳光一起在大家的咽喉里流过。犹太人夹杂着英语和法语一刻不停地说着话，但没有人在听他。"可以钻到桌子底下去吗?"勒芙斯问。得到犹太人的许可时,迪尔"扑哧"一下咬破鳟鱼的鱼鳔,打破了餐厅里的规矩。勒芙斯撅起臀部钻入餐桌底下,抓住我的裙子下摆往上掀。小林抱着"尼康"钻入餐桌底下。犹太人也不知从哪里端来了至少是三十年前的八毫米摄像机,为我和勒芙斯拍摄。

"你、对我、干了、什么?"

午餐后,开始拍摄女同性恋的照片时,勒芙斯这么问我。在带有华盖的床上堆着红色、黑色、白色、紫色等各种各样的女用内衣,至少有一百种。

"什么也没有干呀!只是你自己变得很色情了。"我回答道,又对小林说,"把带有华盖的床搬到平台上去吧。"他要拍摄我和勒芙斯臀部的特写镜头,镜头中远处是小小的凯旋门。约翰斯顿的公寓平台大得可以并排放三张台球桌,和缓的风吹动着从华盖上垂挂下来的花边床幔,就连北京烤鸭一样的黑人女仆也连声感叹"真美"。我把黑色的内衣脱了个精光,约翰斯顿拔掉用桃木制作的粉红色香槟酒塞,为在场的所有人斟酒,然后干杯祝愿上帝保佑我。勒芙斯被冷风刮得皮肤上冒出了一层鸡皮疙瘩,金黄色的汗毛也像被静电煽起来似的舒展开来,有一种发芽的感觉。看到它在初春的阳光下发着光,这是最绝妙的享受。我一边不停地对筋骨瑟缩的勒芙斯小声说着"没关系的,因为你很漂亮",一边不住地抚摸着她的臀部和背脊，喊来小林拍下我们的特写镜头，让勒芙斯四肢着地地趴着，连凯旋门一起摄了下来。我丝毫也没有感觉到寒冷。摄影告一段落后，勒芙斯裹上毛毯喝着洋梨白兰地，她的身体仍在发抖，我则处于一种亢奋的状态里，眼下我征服了巴黎，我全身所有的神经都好像在发出胜利的嚎叫。

　　自由，

　　我是自由的，

　　我无声地说，眼泪情不自禁地流出来。勒芙斯和小林、约翰斯顿、迪尔看见我流泪，大概都为我感到担心吧，纷纷跑到我的床边，不停地问我"怎么啦？""不要紧吧？""是不是应该休息一下？"我想我应该把自己的状况向他们作一个解释，但我又觉得通过勒芙斯和小林向他们作解释很麻烦，因此便利用摇曳的洁白窗帘、冷风、金黄色的阳光，直接在他们的大脑里诉说着。"自由"这个东西，就是金属性质的嘈杂声。你们有没有仔细观察过铬锅里的水沸腾的情景？水先是静静地、缓缓地、大面积地晃动，然后水泡紧贴住泛着铬光的内侧开始冒出来。唯独那水泡，才是生命和金属的撞击，宛如生命在遥远的过去就已经寄宿在熔岩和雨滴的隙缝间，又如不锈钢手术刀切开含有癌细胞的肿瘤，这个现世上所有一切的刺激，全都只能从这里面产生。我在设有猕猴桃园的精神病医院里，曾经看到过在那个地平线的另一端化为铁丝网和废墟的天文台，那便是今天勒芙斯那金黄色汗毛和臀部线条以及凯旋门的记忆幻觉。世间充满着光，亲自将自己的意志高高扬起，我们就能够不借助任何宗教和麻醉药去感受那种光……我不会诉说表明这些意思的话，也不会用语言传递过去，而是把它像铬锅沸腾冒水泡那样化作缩微胶卷似的东西，一瞬间就粘贴在所有在场者的身上，和在信封上贴邮票一样。语言不过是信息的一部分，真正的信息是像古代的文人墨客想象中的以太那样在大气中飘浮着的，像小时候将棉花糖揉捏成小块后才吞下去似的将那种信息的以太揉成团，被揉成团的信息以太大致上和被揉成团的棉花糖一样黏糊糊的，所以很容易就贴到对方的身上。小林和勒芙斯都经历过，所以没有什么大惊小怪的，但约翰斯顿和迪尔、黑人女仆简直就像深山里的山民第一次看到鲸鱼那样浑身抖动。

我赤身裸体地俯视着巴黎。巴黎在我濡湿的大腿下呆若木鸡，冷得瑟瑟发抖。

约翰斯顿大概是想获得更大的刺激吧，据说他已经决定要在里维埃拉的别墅里招待我们。

小林开始害怕我了，勒芙斯和迪尔则很崇拜我。小林明明知道要去法国昂蒂布，但出发前的三天时间里却从未在我面前露过脸。我和勒芙斯太阳一落就和迪尔的比利时朋友一起玩。两名比利时人都是士兵。他们是外籍军团[1]的士兵，褐色的制服上散发着硝烟和蛋白质烧焦的气味，即死亡的气味。外籍军团的士兵在夜巴黎的街头是无敌的。勒芙斯因为货款的事被贩卖可卡因的"地狱天使"[2]们缠上了。为了解决这件事，迪尔帮我们喊来了她以前的老朋友。听说两名士兵在十五岁前过着嬉皮士生活，在阿姆斯特丹和迪尔一起生活过。"外籍军团"和"地狱天使"的交锋是非常有趣的。

在巴黎圣丹尼区的妓女街深处有一条小巷，小巷尽头有一家仓库似的爱尔兰酒吧。就在那家酒吧里进行谈判。叫"西蒙"的士兵独自一个陪着我们三个女人走进爱尔兰酒吧。酒吧里有十几名"地狱天使"正等着我们，他们穿着全世界通用的天使服装，喝着吉尼斯桶装黑啤酒。惹麻烦的是勒芙斯，她以最低价格预订了大约三万法郎的可卡因，却只付了二万法郎的钱。迪尔从约翰斯顿那里借了五万法郎，托西蒙帮着去摆平这件事。西蒙笑了，说付二万法郎，这件事就已经结束了。

"地狱天使"的一名头领长着络腮胡子，胡子上沾着啤酒泡沫。他静静地说，剩下的一万法郎如果不付，就用铁链牵着勒芙斯在圣日耳曼广场绕一圈。西蒙说勒芙斯是一位优秀的贩子，她

---

1 指法国的外籍部队。由 17 岁到 40 岁非法国籍的男子组成。
2 带有黑社会性质的飙车族，最早出现在美国，后盛行于欧洲。

的顾客数量正在稳定地增长，所以区区一万法郎这样的小钱，理应睁只眼闭只眼。于是，看上去有一百五十公斤重的"天使"头领从怀里取出镀铬的铁链。一名光头"天使"从背后将啤酒瓶朝西蒙的头顶砸下来。西蒙听到那声呼啸声扑来，敏捷地侧过身子用肩膀接住那个啤酒瓶，依然坐着用棒球中低手投球的动作，将手掌劈向光头的喉咙。光头瘫倒在地，这时酒吧里一片刀光剑影，头领制止了他们，并用带滑轮的长筒皮靴踢了踢仍躺在地上的光头的面颊，把他拖到酒吧的外面。

"杀死一个外籍士兵，就是与整支外籍军团为敌。"头领这么喃语着。他说，有个叫"克利希"的同伴被阿拉伯人盯上了，如果你帮我们去与阿拉伯人谈判，我就把这一万法郎忘了。"那些臭阿拉伯人算什么！"西蒙说，"那些臭阿拉伯人，不管他有一百个人还是二百个人，我把他们全都杀了！"头领和西蒙相互亲吻，这件事就算是结束了。在爱尔兰酒吧里，我、迪尔、勒芙斯和"地狱天使"、外籍士兵、他们的情妇或临时拉来的街头卖淫女，大家一起喝着吉尼斯黑啤酒，吸食可卡因，不看对象地乱接吻，一直玩到天亮。西蒙和他的朋友乔尼，还有其他外籍士兵、体重一百五十公斤的天使头领、光头，他们都非常温和。勒芙斯和迪尔告诉他们我有特异功能。"是什么样的功能？"他们问。迪尔说：现在只是心灵感应，真知子无疑是上帝的孩子。于是他们对我的态度都变了。他们全都是神秘主义者，一边做出一副憎恨上帝的模样，一边却很敬畏上帝。鼻梁骨折、两只耳朵都被割去半个的光头也是用一副因龟裂而显得混浊和沉重的眸子来问我：怎么样才能去天国？怎么样才能不被上帝嫌弃？我回答说只有杀人才能去天国。我不是用法语回答的，而是将那句话直接传递到他的神经里。传递的对象不只是光头，爱尔兰酒吧里所有的人都噤若寒蝉地望着我不说话。我为什么会长达好几个小时望着沸腾的铬锅，我自己对此非常清楚。那种运动是诞生、发生、消亡的暗喻。我先把想要传递给对方的意思不是用语言、也不是用意念或情景，而是将其当作莫尔斯电码那种长短不一的波形信息，像铬锅里冒水泡那样吹到对方的神经上。波形的信息不能带有过于纤细的微妙含义。

我是将天国、容许、杀人这三个词转换成波形传送过去的。它根据不同的接受者而产生不同的效果，如果恐怖占很大的比重，就会出现拒绝反应，变得无法理解。

我受到了大家的注目。之后，我进行了简短的演说。

现世拥有另一个价值观完全颠倒的多元宇宙。当然，在那里，杀人、犯罪、战争，都变成了一种美德。多元宇宙里的居民操纵着现世，所有的宗教家自不待言，价值和道德的空隙将化作所有的能量支配着这个地球……

这内容非常难懂，但我不能用语言传递，所以大家一瞬间都沉默了。他们尽管不明白这话的意思，但情绪好像高涨起来。大家跪着吻我的手背，巴黎的"地狱天使"和外籍军团的旧安哥拉第三特殊工作队发誓永远效忠于我。

*

从约翰斯顿那里取来机票，明天将要去法国东南部的蓝色海岸。在飞向尼斯的这天夜里，我在哈里兹酒吧遇见了一个意想不到的人。就是"先生"。我和勒芙斯，还有西蒙和没有耳朵的光头在一起。西蒙问我为什么他在战场上能够生还而没有死去，在得到"让这样的问题自行消亡"的回答以后，直到去非洲的尼日利亚之前，他都一直和我形影相随，不愿离开我的身边。没有耳朵的光头把我的粪便和经血都当作圣物，还在左腕上刺了青。

"先生"的不幸在于他发现我时西蒙正去打电话，没有耳朵的光头则去了洗手间。"先生"正和一名黝黑的脸上涂着深蓝色眼影膏的日本丑女人在一起。两人直到发现我之前还在谈论要尽快物色一名日本女人卖给阿拉伯人，即使年龄四十左右也没有关系。

"怎么是你？"

"先生"用一副说不清是高兴还是懊悔的口气说道。

"你瞧，就是这婊子啊。在小酒店里勾引我，又恬不知耻地跟着我到巴黎来，到了巴黎后就不见了。我对你说起过吧？"

"先生"在哈里兹酒吧里喝了好几杯正宗的血腥玛丽，已经醉了，又有些焦虑，他寻思当着这个日本丑女人的面应该对我强硬些。

"你这个女人太过分了。喂，你自己感觉到吗？你是坐头等舱跟着我来巴黎的，男人不会白白带上你吧。"

"自我感觉那么好的人太多了。"

日本丑女人也随声附和着。因为周围没有听得懂日本话的人，所以两人都肆无忌惮地大声嚷嚷着。

"怎么样，这样的朋友你不会多吧？你这样的人就是那种人吧，站在小酒店的横木把手边，做出一副浪荡相，等着我这样的人上钩吧？对不起，我要你把钱还给我。跟我来一下！"

"先生"把手搭在我的肩膀上想拉我的手臂。因为疼痛，我皱起了眉头。我装作屈从他的模样站起身，打算到酒店外面去。

"破烂货！贱货！真不知道你是怎么样在巴黎住下的，我不太看得起你啊，肯定是在免税商店或西服商店、日本餐厅里打工，同时舔着外国人那又白又大的家伙生活吧！我要是不讲理，就和东京联络，把你的亲人、兄弟姐妹全都用压路机辗了。"

"先生"这么说着，日本丑女人咯咯笑着，这时，西蒙和没有耳朵的光头绕到了两人的背后。

"把他们杀了！"我用日语对勒芙斯说道。勒芙斯用法语翻译给西蒙听，没有耳朵的光头从长筒靴里一抽出刀来，"先生"和日本丑女人就当场瘫了下去。两人被塞进迪尔的汽车里，带到圣丹尼的爱尔兰酒吧。"先生"被埋在枫丹白露的森林里，过程全部被八毫米摄像机摄下来以后。

这拉开了庆典的帷幕，庆祝我将走向辉煌。

我和勒芙斯、小林、迪尔一起飞离了奥利机场，西蒙含着眼泪送我们。约翰斯顿决定两天后来找我们。迪尔在尼斯机场租借了一辆梅赛德斯-奔驰300。蓝色海岸从法国的马赛延伸到意大利的热那亚，是有钱人的避寒胜地，有高悬崖、中悬崖、低悬崖三条道路，我们沿着最靠近海边的低悬崖道路前进，一路眺望着蓝色的地中海。我没有忘记买一份地图。梅赛德斯-奔驰300朝着摩纳哥蒙特卡洛的方向驶去。听说约翰斯顿的别墅就在摩纳哥的紧跟前，在圣-让-卡普-费拉。

卡普或坎布在法语里是"海角"的意思。到圣-让-卡普-费拉的约翰斯顿的别墅，还要从最靠近海岸的低悬崖道路拐进更逼近海岸的岔道，那是一条弯弯曲曲的小道，我们一边望着大海险乎乎地逼上来，一边不得不将汽车驶下岔道。半路上有一座破旧的教堂，小林在教堂前将梅赛德斯-奔驰300停了下来。

"这是地中海。"小林说道，"在晴朗的日子里看得见科西嘉岛。科西嘉岛是拿破仑出生的地方啊。"

我端详着破教堂正门上雕刻的圆形神面像，眺望着碧蓝的地中海，它们都在对我说：欢迎你，欢迎你到这么远的地方来。我对着破损得有些脱落的神面像喃语：我自己也没有想到会特地跑到这么远的地方来啊。距离或地点之类的东西对我已经毫无意义了，在那家有猕猴桃园的医院里就已经都结束了。来到远处，能控制我五官的是空气的不同，而不是景色。超越自己的极限来到远处，神经通过眼球和喉咙，简直就像剥蚕豆一样轻易地就被剥去了一层皮，因为陌生的空气而变得干燥和阵阵刺痛。"这教堂里可以进去吗？"我问勒芙斯和小林。

"这里、现在、已经、不是、教堂。"勒芙斯说道。

我爬上瓦砾堆，钻过铁丝网，穿过简直只能看作是煮烂了的荞麦面团一般的烂灰泥壁缝，钻到了教堂的里面。正如勒芙斯说的那样，里面只是覆盖着一层杂草和鲜苔，上帝代表人的名份已经荡然无存。阳光呈棒状从屋顶和墙壁上出现的洞孔里照射进来。只是在阳光随太阳的起落而移动的位置上，杂草长出了纤细的草茎和柔弱的叶子，其他裸露的地面和瓦砾上都是一层深绿色的鲜苔。我用手掬起鲜苔闻了闻它的气味。鲜苔微微散发着一股海水味。我望着那棒状的阳光时，萌生了意志。是祈祷的意志。如果跪着，刚买的棉布长裤就会弄脏，因此我像飙车族聚在自动售货机前坐着那样，坐在大小不等的棒状光线之间，合起双手祈祷着。

祈愿以前曾在这个地方的神灵今天能够安息。

祈愿以前供奉在这里的神灵今天保佑我。

祈愿这里不再被破坏，不再被邪恶的意志支配。

最后，我轻声地说了句"谢谢"。不管在什么样的场合，都不能忘记感激的心情。我感激能让我供上我的一份心愿。

　

别墅坐落在蛇头形状的海角尖端上。海角伸入大海，所以如果要修筑道路、养植草木、建造房子，大概先要削去岩石。据说最早在这海角上建造白色外墙的邸宅的是意大利的商人，以后房屋的主人不断轮换，在约翰斯顿八年前将它购下之前，它已经经历过俄罗斯逃亡贵族、美国电影制片人、科威特王族之手。

穿过铁门，一条两侧都种着花的小道呈弧形一直伸到房门前。花是那种在我记忆中的某个地方存在着、实际上却从来没有见到过的种类。迪尔对我说那是含羞草。迪尔穿着乳白色紧身短裙和质地轻薄得能透出乳头来的黑色宽松上衣。"那棵橄榄树的边上是紫丁香呀！"勒芙斯对我这样说道。也许是南欧太阳的缘故，她的面颊已经变得通红了。她穿着下摆短得露出肚脐的条纹 T 恤衫。在这里居住一段时间的话，就连肚脐都会被太阳晒黑的。从楼房的门里出来五个人迎接我们，留在家里看房子的一对老年夫妇，厨师，还有两名用人。听说这白色的三层石造楼房有九个分别独立、拥有露台和浴室的房间。

从露台上望去，可以看见设有喷水池的庭院和防风的松林，从海角上支出去建造的、设有枪眼的瞭望台，葫芦形的游泳池，拴着摩托艇的栈桥。

餐厅在一楼的顶端，在用落地玻璃窗隔开的屋外露台的桌子上，午餐都已经准备好。我们先跳进游泳池洗去身上的汗水，在泳衣外只披一条浴巾就坐在桌子边，喝着极品白兰地酒和白葡萄酒中的极品、普罗旺斯产的白葡萄酒，撮着咸橄榄和糖醋甜椒，吃着用青口作浇头的意大利细面、西红柿蒸兔子肾脏、红芜菁和水田芥做的色拉，还有盐烤花鲈，眺望着一群游艇朝着尼斯和蒙特卡洛的方向驶去。午餐中间，勒芙斯她们始终在谈论这幢别墅有多么豪华，在戛纳马丁纳斯酒店这种地方的厨师长调制的菜肴是多么正宗，摩纳哥这座城市是怎么建起的，对穷人有多么地冷漠，等等。但是，在开心果味冰淇淋端上来的时候，迪尔无意中提起了被埋在枫丹白露森林里的"先生"。她用法语自言自语着，我没听懂，勒芙斯赶忙竖起食指放在嘴上示意，小林用日语问："杀了?"这时青口卡在他的喉咙里，他差一点儿咳嗽起来，我才知道是迪尔泄露了秘密。勒芙斯向小林解释说：真知子有生命危险，所以是不得已才做的。小林对勒芙斯大发雷霆，说：我说过绝对不能与"地狱天使"交往的！勒芙斯冷静地反驳说：你没有权利限制我的行动。迪尔回到房间里去了，我也从桌子边起身，穿过内院，坐在游泳池边的折叠式帆布躺椅上。松树的枝叶遮挡着强烈的阳光，刮着干燥的风，我正迷迷糊糊想打个盹，小林的脸出现在我的视线前。

"你，是什么人?"

"你，是什么人"这句话的日语不知为什么显得十分滑稽，我笑出了声。

"你笑什么?"

"我觉得很滑稽，为什么觉得滑稽，我自己也不知道。"

小林也在旁边的躺椅上坐下。

"迪尔和勒芙斯都不正经，你不能受她们的影响。"

你说不正经，这是什么意思?

"你什么都不知道吧? 欧洲有着一种无形的等级，勒芙斯是最上层的等级。迪尔是最下层的等级，迪尔的身上有着葡萄牙系吉卜赛人的血脉，勒芙斯是贵族的女儿，在波尔多拥有好几幢邸宅，所以两个人都离经叛道，相互剥下对方的道德。我说的话，你能听懂吗?"

有些懂。

"贵族和吉卜赛人，这样的关系对道德的感觉是最迟钝的呀！与这样的人相比，科西嘉人和西西里人、阿拉伯人就显得循规蹈矩、安守本分了。"

你想要说什么？

"不过，认识你之前，她们根本就没有伤害别人或暴力之类的事情，杀人就更不用说了。和你认识以后，勒芙斯有些变了。"

你，是感到害怕了？

"看见别人在变，我就会感到害怕。自己倍感珍惜的人变成了另一个人，连自己都越来越看不懂了。"

我无言以对。小林说的话，我能够理解。我们都以他人为媒介而发生着变化。这和分子或原子的化学反应基本上相同，兴许与磁场的作用也可以作比较。所有的人全都是其他所有的人的催化剂。小林说，勒芙斯和迪尔是以我为催化剂而发生了变化。但是，如果没有会催生变化的潜在性的东西，无论给予什么样的催化剂，都不会发生变化。总之，我是没有任何责任的……我想着这些事，头脑里突然浮现出以前读高中时的情景，我想起学到过的化学方程式，在氧化钠里渗入什么东西当作媒介的话，是不是能将水提取出来？我这么想着，看见小林正穿过内院朝着别墅返回，他的背影就好像朝着没有人知道的坟场走去的、营养不良的老年尸体那样。我用右手的食指瞄准他的后背，怀着以前在电影

《裸露残酷写真》[1] 中看到过的、表情凶残的猎人那样的心情，"叭"地打了一枪。不仅仅只是勒芙斯，就连我自己都已经发生了变化。但是，我的变化没有依靠媒介，当然也没有依靠灵媒。乔埃尔不是什么灵媒，而是我的意志的体现。因此，对我而言，发生变化的不是我这个人，而是一种状况。

状况。

再变下去！我对着眼前的地中海这么说道。

再变下去。

风暴。

暴风雨。

大洪水。

水灾。

疾病。

战争。

晚餐和午餐在同一个餐厅里进行，从鹿肉生火腿、皇家基尔酒开始。香槟酒是库克的，汤是龙虾浓汤，主菜是小牛肉，上面浇着拌有松露的红葡萄酒调料汁。一对看守房子的老夫妇穿着看样子二十年来没有脱下过的黑色套装和芥黄色连衣裙，好像生怕

1　上映于 1974 年的意大利恐怖纪录片。

人们忘记他们是替别人管理别墅的管家。据他们说，这个餐厅里最大的享受其实是傍晚时分。小林喋喋不休地说着话，与白天截然不同："在摩纳哥的对面有个城叫圣雷莫，那里举行的音乐节是日本人最喜欢的呀！以前那音乐节的大奖歌曲往往会成为流行歌曲排行榜的第一名，博比·索洛的《挂在面颊上的泪水》、葛兰奎蒂的《雨》、多明戈的《飞翔》，那些歌怎么样啊？当时那些歌和美国的摇滚乐是平分秋色的呀！我分不出它们有什么不同，意大利面和汉堡包的区别，我都说不清楚呀！"看守房子的老年夫妇也许是因为他们那副打扮太像管家了，所以尽管他们的话没说错，却好像没有引起大家太多的兴趣。我咀嚼着表面烤得酥脆而里面却是鲜红的小牛肉，目光却被傍晚的景色吸引过去了。"你在看什么？"迪尔用英语问我。

"NIGHT、夜色。"我回答。

看夜色。

看夜色。

看夜色。

勒芙斯和迪尔、小林各自用法语、英语、日语复述了一遍。于是，大家都不说话，眺望着夜色。用松露包裹着的小牛肉通过食道时，夜色还在已被染成橙色的大海的更远处忍声吞气着。在橄榄树枝叶有气无力的摇曳中，隐含着夜色藏匿的预感。红莓冰淇淋在舌尖上颤动着的时候，夜色终于爬上沉没在紫色里的海面，登上海角的顶端。它与其他如雨或雪这些带水的降临方式、春天或夏天这种季节的到来、彩虹或枝叶间透下的阳光这些棱镜光的出现方式都截然不同。如果有清晨、正午、黑夜这样的区分，它的出现方式就会让人觉得只有黑夜才是有生气的。早晨是存在的，但没有生气。直到正午，它只有语言，就连存在都谈不上。但是黑夜，至少在蓝色海岸这里来说，它是有生命的。拔去1982年酿造的玛歌红葡萄酒的瓶塞，勒芙斯情不自禁兴奋地说："这是我爷爷的葡萄酒啊！"就着山羊干酪品尝葡萄酒的时候，夜色已经缓缓展开它的翅膀，播撒着紫丁香和含羞草的香味，倚靠着、拥抱着、笼罩着所有的一切。

夜色是有生命的。我们用日语、法语、英语又各自喃语了一遍。

晚餐后，除了小林之外，我们三人拦了一辆出租车去摩纳哥的赌场，望着成群的法拉利和劳斯莱斯，穿过一道道沉重的垂帘，挤在瞪大瞳孔盯着筹码的人群里时，有人在对我说话。不是用语言在我耳边轻轻喃语，而是用一种和我靠波长向别人发送信号相同的方法对我的神经说话。开始我以为是乔埃尔，不料却不是他。乔埃尔是用语言对我说话的，那"声音"用的却不是语言。所以理解对方的第一句话我颇费了些时间。信号用某种波长搅拌我的记忆之海，搅拌之后便用比针尖更细的东西，就像用精确的激光刀那样的东西刺激我的记忆沉眠点。记忆沉眠点受到刺激以后，会强制性地出现映像。就是那样的点。因此，我不用去搭理它，只管接受信号。

我是幽灵。

那个信号对我说。

可以把我称作幽灵，但我不一定就在死亡的世界里。

因为死亡的世界不一定存在。

我滞留在这赌场隔壁的蒙特卡洛芭蕾舞剧团舞台背后的壁板和灰泥之间。

我在与芭蕾舞剧团创建大致相同的时候被抹去了。

在摩纳哥诞生公国之前，我经历了漫长的路程才来到这里。

拿破仑一世第一次接受流放的处罚登上这块土地时，就是我的家族担任前锋的。

我的家族从世界诞生之时起，就世世代代担任着向导。

这地球上最早用宇宙线催生高蛋白分子的时候，向导就是我的家族。

将鱼类中不太适应的鱼带领到陆地上的，也是我们家族。

我们家族可以说与性别、国籍等毫无关系，只是靠着"向导"

这个概念才形成的。

我们能够变成所有生物的形态，变成所有生物细胞的形态，变成所有新陈代谢物质的形态。

我长达七十八年一直在将这样的信号送达给聚集在这赌场里的人们。

没有任何人注意到我。

停下脚步、回过头来接受我的信号的，只有你一个人。

你知道这是怎么回事吗？

我摇了摇头。后来我问勒芙斯和迪尔，据她们说，听到那个"声音"的时候，我一直将双手放在赌盘上，瞪大眼睛一眨也不眨，一副怔怔的目光，好像连眉毛也不动一下，呼吸也停止了。迪尔担心地摇我，直到赌盘旋转的声音带上现实意味的时候，幽灵的"声音"才消失了。但是，最后的信号还是能够听到的。迪尔摇我的时候，我只是一瞬间做了个令我感到心情郁闷的梦。我不知道能不能称之为梦，但我的眼前自动出现了某种状况。那是在枫丹白露的森林里。我感觉到了只有森林才会有的、常绿树林发出的潮湿的氧气。有个洞穴，"先生"和日本丑女人精疲力竭地在那洞穴里挣扎着。"精疲力竭地挣扎"，这是指肉体已经血肉模糊地死了，但细胞里却还有东西在蠕动。当我的脸眼看就要被"精疲力竭的挣扎"吸进去的时候，我的目光又回到了原来的赌场里。

"你好像不舒服。"

勒芙斯和迪尔扶着我从赌盘的桌子边站起来，将我带到酒吧里，让我喝烈性的酒。因为幽灵的信号和不快的梦的缘故，我的牙齿颤抖着，发出上下打架的声音。如果不向什么人说些什么，看来我会发疯的，所以我不是用心灵感应，而是用蹩脚的英语喋喋不休地说着那个幽灵和我那个郁闷的梦，直到她们听明白。

呃，那个幽灵最后说了什么？勒芙斯问我。

我回答：

"停下脚步、回过头来接受我的信号的，只有你一个人。

你知道这是怎么回事吗？

因为你属于我们的家族。"

*

家族？勒芙斯反复喃语着。幽灵对我说话时，我的身体处在基本不能动弹的状态里，但当时我却没有任何障碍、很自然地理解了"家族"这个意思的信号。然而，当我被解除魔法、能这样向勒芙斯她们说话时，我觉得"家族"这句话显得十分可笑。实际从勒芙斯嘴里听到用日语说的"家族"这个词时，我自己也觉得滑稽，因而笑了起来。

"你说的'家族'，是野牛家族的'家族'？"

勒芙斯又问我。看样子勒芙斯看过柳生家族[1]的书或电影。

柳生家族。我这么喃语着，大声地笑了起来。那个幽灵大概也是要说什么吧？即使在回别墅的出租车里，我想起这件事也要发笑，但左大腿上出现的鸡皮疙瘩却一直没有消失。

夜晚，恐怖从简直已经冰冻了的左大腿的鸡皮疙瘩上扩散到全身。那种扩散的感觉就像是大群的蚂蚁从某一点蠢蠢地爬满全身，我无法控制住自己，便先向勒芙斯要了精神安定药。我将三片药片一起嚼碎，用1943年产的雅文邑白兰地漱了漱口吞下去。但是，简直是一个笑话，这种精神安定药勒芙斯平时是当作性药用的，我服用了定量的三倍，身体发情了。记得以前在哪本书里读到过，有一种叫"哈努玛·拉科尔"的斗篷狒狒[2]，当部落里产生新头领时，新头领就要将前一任头领与雌狒狒们生的孩子全部杀死，亲眼目睹那些孩子们被杀死，雌狒狒们重又发情，与新的头领交媾。我与那些雌性的斗篷狒狒一样，幽灵向我讲话这个刺激，使我的发情增强了好几倍，勒芙斯面对着我也目瞪口呆无所适从。我自己也不知道如何应对，嚼碎后吞下的安定药过了有两个小时，药效达到顶峰，我失去了自我，甚至全身都抽搐起来。

---

1 日本著名的剑道世家。
2 生息在埃塞俄比亚高原、阿拉伯半岛一带的狒狒，体大毛长，形似斗篷。

伊维萨

与其说那是发情的女人，还不如说更接近于受阵痛的折磨而不停扭动着身体的女人。勒芙斯只将迪尔一个人喊到她的房间里来，远远地躲避着小林。我自己已经记不得了，据说我不依不饶地追逐着小林。估计是我一边抓着皮肤，一边紧紧地抱住小林。但是，我自己都不知道是想与他接吻，还是想被他拥在怀里。我被送到勒芙斯房间的床上后，情况变得更加不可收拾。说是不可收拾，我也并不是手脚乱蹬乱踢地施暴，或毁坏东西，或大哭大喊。据勒芙斯和迪尔说，我一边浑身喷汗，一边缓慢而有力地摩挲着自己的手脚。勒芙斯和迪尔尝试了各种方法，即对自制力已经丧失殆尽的同性能够尝试的所有方法。她们紧紧地抱着我，不停地安慰我不要担心。她们为我祈祷，抚摸我的头发，唱儿歌，吻我的额头、面颊、眼睑、嘴唇、耳朵、肩膀、胸膛、手臂、乳房、乳头等所有的地方，为我擦着片刻工夫就喷涌而出的汗水，把我包在毛毯里保暖，用热毛巾包住我或敷冷毛巾，将我放进浴池里，然后又用冷水为我冲浴，但尽管如此，我还是不停地喃语着"抱紧我、抱紧我"，于是她们使用了振动按摩器。她们用毛巾不停地为我擦拭，但我的汗水还是随即就喷涌出来。那汗水不是像桑拿浴或蒸汽浴那样形成水珠从皮肤上滚落下来的，而像在经过擦拭后完全干燥的地方进行喷雾一般，身体里的水分不是从汗腺里渗出来的，而是像大气中含有的某种成分悄悄地黏附在肌体上那样，小得可怕的汗露不知不觉地出现在皮肤的表面。

"那样出汗，从来没有见到过。"

后来勒芙斯对我说。

"真知子很难受，所以我们帮你擦汗。但那汗水简直就像清晨表面上长着细毛的树叶、那细毛上沾着的细微的雾气似的。真漂亮啊，擦拭前我和迪尔都赞叹不已，欣赏了好一会儿。而且根据不同的部位，有的地方热，有的地方冷。而且肩膀那里的汗水很热，积在腋窝里的汗水却是冰凉的。我们擦拭了好几次，真知子还是不停地冒汗，那时我们就不用毛巾擦了，开始用舌头舔。即使光是手臂的内侧，汗的温度也不一样，我们用舌头舔着，那温度的差别也相当有性魅力的，我们的感觉也渐渐地变得怪诞起来。迪尔吧，把那种感觉比喻成帆板运动呢。在有暗礁的南方岛屿，在帆板上乘风滑动，大海的颜色会发生变化，那是非常美丽的。你想想，海底的状态是岩石还是沙子，或是珊瑚，或是海藻，大海的颜色都不会一样吧。用舌头舔着真知子的皮肤，为你擦去汗的时候，听说迪尔就是那样的感觉呀！"

我的汗水不仅仅只是温度，看来就连气味都在发生着各种各样的变化。当然就连味道也在变。

"我和迪尔都兴奋起来了，所以真知子始终在嘀咕着'抱紧我、抱紧我'，而且我们在舔你、抚摸着你的时候，也想做点什么更刺激的动作，于是在你的耳边问你：'呃，你想要怎么样啊？'我们也累得精疲力竭了，倒下睡觉前还看了看你，你还是始终在痛苦地扭动着身体。那时，你是什么样的感觉？是像常说的那样，全身皮肤上爬满了小虫子那样的感觉吗？"

我回答勒芙斯说，我自己也不太清楚。这个回答有一半是真的，一半是假的。用语言很难解释清楚，我扭动着身体祈愿无论如何都要得到什么，一边却又发现了什么。我想象出各种各样的动作，希望那些动作同时全部一起进行。这样的感觉涌现在我的头脑里时，我产生了排泄的欲望。我想把自己的东西从体内全部排泄出去，还想得到皮肤的刺激。勒芙斯和迪尔用舌头为我舔着，这是我用眼睛感觉到的，但我的皮肤简直没有任何感觉。看着勒芙斯和迪尔的粉红色舌头在我的皮肤上滑动时，我想用针尖扎我的皮肤。其实我想求勒芙斯这么做，但勒芙斯认定我不正常，她只肯用手指和舌头，对我说：没关系的，我会让你感到舒服的。我被黏糊糊的东西覆盖着，我知道那种令我身体的轮廓变得模糊的黏糊糊的东西，是发情的本质，所以我渴望皮肤得到更强烈的刺激。我想用细针、别针、注射针之类的东西扎我的耳朵、乳头、面颊上的肉。我心潮翻腾浮想联翩。我想被剥夺自由关在黑暗中，我还想身上涂满别人的、而且还是最蔑视别人的那些人的排泄物，我甚至还想把身体剁成碎肉最后把那些肉吃了。而且，那些事不是不可能的，不是不可能做到的，我还知道即使那么去做，也不可能抑制我的发情。发情不是靠男人的东西或别针能够得到中和的。那原本就不是能够得到中和或消除的东西。覆盖着身体的黏糊糊的东西，令身体的轮廓变得模糊的东西，虽说这些东西都是发情的本质，但归根到底，一言而蔽之，是时间。

时间。

有着某种方向性的时间的流动。

时间流动的、间隔。

想象一个没有任何人、没有生物、没有有机物的行星。那里有着的，只是温度。即使没有大气层，温度还是有的。从诞生前的行星，到已经消亡的行星，氧气、光、运动都没有，但唯独温度还存在着。

开始之前，结束之后。

在那样的世界里，从发生时间的瞬间起，就产生着发情的故事。因此，发情的历史比我们自身的历史还要漫长。

直到第二天上午很晚，我还是无法入眠。

勒芙斯她们因为害怕而不再奉陪我了。第二天夜里，我一个人去见幽灵。虽然我只睡了一两个小时，走路时脚下还晃晃悠悠的，但这次我肯定是聚精会神地在和幽灵对话，因此我走进赌场时，周围其他的客人、发牌者、墙壁和天花板上豪华的装饰，我一概视而不见。在别人的眼里看来，见到过幽灵的一定是我吧。我自己也知道，我的身上强烈地散发着磁性之类的东西。在我出发之前，迪尔为我化了妆。碰到我的太阳穴时，她说了句"灵气"的话。在赌场最深处的房间里，日本人和阿拉伯人那些俗人们使用一万法郎一枚的筹码玩着。我在那房间中央的桌子边坐下。我穿着迪尔借给我的黑色缎子连衣裙。为与幽灵进行对话，我决定先把乔埃尔喊出来。乔埃尔简直就像一条忠实的狗那样立即就出现在我的体内。他出现得太快，令我有些暗暗吃惊。在乔埃尔出现的同时，有人轻轻拍了一下我的肩膀。是个意大利中年男人，他见我坐在桌子边一副茫然的神情，既不赌轮盘又不玩黑杰克，以为我是日本妓女。我回过头去看他，同时将发情的意念即对着时间流动间隔的恐怖的意象紧紧地贴上去，作为粘贴画传递到对方视神经的底部。意大利人瞬间颤动着身体，当然他不知道发生了什么事情，他的瞳孔就像打开徕卡镜头的光圈那样猛然睁大，身体颤颤巍巍地向后退去，嘴里含混不清地嘟囔着，在他的朋友的搀扶下离开了赌场。今天夜里他一定会整夜都像白痴猩猩那样一边自慰一边做着噩梦吧。

你不能对一无所知的人做那样的事。乔埃尔叮嘱我。

向别人发送波，那波早晚会回到自己的身上呀！

我知道了，我不会再那么做了。

可是，我有话要对你讲。我发现乔埃尔的声音与平时不一样。我心想乔埃尔大概是生气了吧，因为我那样对待一个一无所知的意大利人。我站起身离开桌子去窥探轮盘赌，还买了些筹码。我装出一副对赌博饶有兴趣的表情。如果这样的话，至少不会再遇上冷不防被人拍肩膀之类的事了。

乔埃尔，我认错了，我努力不让自己看上去像个妓女，你不要生气了。

我不是生气。乔埃尔声音颤抖着。

我不会生你什么气的呀，因为我是你的意志。

是吗？呃，我是来见栖息在这里的幽灵的。

我知道啊。

你怎么了？你在担心什么？要不，我还是不见的好？

不是的，关于那个幽灵，我一无所知，对这件事，我提不出任何忠告。我能提忠告的，都是极其日常性的事情，比如旅行向导之类的事情。

是意志的？就是旅行的向导？

所谓的意志，就是指这种事。引导你的旅行、成为你旅行的能力。我只能做那样的事情。告诉你住宿、交朋友、预订机票、与出租车司机交谈，仅此而已。所谓的意志，不过是信息的变形。

在和乔埃尔这样交谈时，我感觉到我记忆中的某一点被一种和昨天夜里同样的方式——即极细的激光——准确地制御住了，幽灵的信号已经到达我的身上。等一下！我让乔埃尔消失后接受了那个信号。

今天晚上什么话都不能说。明天夜里在蒙特卡洛芭蕾舞学校的校园里，有个欢迎兰尼埃亲王[1]的酒会。我当然不会受到款待，你如果来那里的话，我在那里告诉你。

信息就这么一些，一瞬间就结束了。也许是昨天的发情让我有了承受力，我没有颤抖，也没有感到寒意。我因为睡眠不足而感到脑袋昏沉沉的，但这与接触到幽灵无关。

我暂时不能见到你。

突然传来乔埃尔的声音。那声音好像很哀伤。

是怎么回事？

我是说，你已经不需要意志的结晶了。如果不需要，我就会消失。

你不是我的一部分吗？

当然是的。

那怎么还会消失？

---

1 摩纳哥国王（1923—2005）。

所以才会消失呀！

我会感到寂寞的。

还会再见的呀！

什么时候？

这我不知道，反正是你再需要意志的时候吧，那……

那什么？

那是什么样的状况，我不知道。

奇怪啊，和自己的一部分告别，心情就像和自己喜欢的男人告别一样。

因为那是同一件事啊。

好像是说我爱你吧。

乔埃尔已经消失得无影无踪。我离开赌场，走下巴黎大饭店前的坡道，朝蒙特卡洛游艇码头的方向走去。当然，一路上我流着眼泪。没有风，也没有其他的人影，唯独黑夜继续在沉重地喘息着，散发着海潮的气息。我在大群游艇前的长凳上坐下。我连自己都感到不可思议，我哭泣着，却丝毫没有感伤。我想是因为黑夜包裹着我的缘故。如果黑夜真的有生命，我想和黑夜交谈着试试。我想象着幽灵会是什么样的模样。在月光里，白得像大楼那样的游艇随着波浪的起伏缓缓地浮动着。幽灵会不会出乎我的意料长得像游艇那样？我想。

*

英国籍犹太人、迪尔的资助人、股票经纪人也是别墅主人的约翰斯顿比我们晚两天赶到。约翰斯顿一边埋怨说为了阿根廷的银矿股票上市竟然晚到了两天，一边让仆人搬运行李，走进起居室里。在起居室里，迪尔、勒芙斯、我都懒洋洋地躺在藤椅上。

"怎么回事？好像大家都很累吧。"

我是为了寻找有悖道德的刺激才向你们开放这幢别墅的，我自己也是特地从巴黎赶来的，你们这副德性，不是让我很为难吗？约翰斯顿从身体上发出这种意思的波。小林驾驶着租赁汽车独自去了圣雷莫吃意大利面食。穿过摩纳哥向东驶去，就是意大利的境内。小林想远远躲着我。迪尔和勒芙斯都是神秘主义者，本质上属于在生活中随心所欲落拓不羁的类型。她们经常照顾我，但我自己有时根本无法控制自己，所以她们都累垮了。"因为服药过度，加上酗酒，脑袋里好像塞满了凝重的积雨云，而且接连四五个小时舐着真知子的身体，下颌都松动得麻木了，连舌头都感觉不是自己的了。"勒芙斯这么说道。迪尔说："人的皮肤有多么的粗糙，我是非常有体会的呀！真知子是以大米为主食的亚洲人，所以皮肤很光洁，如果换了西方人的皮肤，比如是过了四十的女人，我们的舌头准保会像马口铁的鞋拔子一样啊。"这些话都是在约翰斯顿来之前说的，约翰斯顿走进起居室的时候，我们三人都躺在藤椅上打着盹儿没有说一句话。从窗口望见的地中海是碧蓝碧蓝的天空，但起居室里的空气却因为三个女人沉重的呼吸而显得十分凝重，兴许还带着一种气味。房间里弥漫着从迪尔的腋下发出的酸甜味，从勒芙斯的全身、从我所有的毛孔里发出的男人身上不可能有的气味。那种气味就好像什么东西变酸即腐烂了一样。是往熟烂的水果里撒上石灰粉那样的气味。约翰斯顿被起居室里的这种气味所压倒，只说了一句"你们好像都很累啊"，便说不出话来。迪尔依然只穿着 T 恤衫，没有戴胸罩，勒芙斯穿着紫色的长衬裙代替宽松的便服，我只是光身子裹着一件浴衣。那对管家夫妇提醒我们"约翰斯顿先生来了"，约翰斯顿咧开胡须底下的嘴微笑着走进来时，我们全都是那么一副模样，连问好都没能问。约翰斯顿吻了一下躺在长藤椅上的迪尔的前额，那时迪尔还半睡着。接着约翰斯顿一副不知如何是好的模样，茫然地坐在空着的藤椅上。他那坐下去时的样子好像散了架一样，就像迪尔的资助人、英国籍犹太人、别墅主人、股票经纪人、扶轮社会员、美国快运公司白金卡持有人这些职务、权利和身份顷刻之间变得支离破碎、这些拼图的碎片无意中又正好堆成一个金字塔形状似的。他给人的感觉是身体掉进了无法动弹的深海。在他想重新站起身来的时候，我对他招呼道：

"我想去看看蒙特卡洛芭蕾舞学校里的酒会。"

下午睡了有两个小时，我们从傍晚起开始做参加歌剧节和酒会的准备。午睡时窗户敞开着，接受着来自大海的凉风，感觉十分舒适。睡着时还做了数不清的梦。梦采用我的自传形式，从小学入学时起，到索然无味的日常生活、去压抑得喘不过气来的汽车公司就职、新宿小巷里的卖淫、从秘密俱乐部里招女孩子、变成僵尸的"先生"的出场、面对乔埃尔，还有与幽灵的邂逅，情节已经压缩到无论多么优秀的剧本作家都不可能归纳得如此紧凑的程度。梦境里的画面非常灰暗，反差又十分强烈，就好像刚开始使用色彩的卢契诺·维斯康提的电影。我身体在休息，神经却极度兴奋。我醒来后抓住睡在旁边床上的勒芙斯，两人相互爱抚了好一会儿。

你、很奇怪。

勒芙斯说道。我自己也觉得很奇怪。不是午睡醒来马上就爱抚才觉得奇怪，而是自己正在渐渐地变得稀薄起来，而且还乐此不疲，这才觉得奇怪。我想这与和乔埃尔分手没有任何关系。当自己变得稀薄、自己的身体轮廓变得模糊、与勒芙斯肌肤相亲时，自己和勒芙斯就会分不出区别来，自我意识丧失殆尽。

自我意识？

也就是自己能够牢牢地掌握自己在这里、自己与他人的明显区别、自己在想什么。在看得见被封闭在猕猴桃园另一边的天文台的医院里，关于自我意识的问题，我问过医生，并得到了他的回答：我们一般应该是带着意识生活的，意识包括对于外界对象的对象意识和对于自己的自我意识，无论缺少其中哪一个，意识这个东西都会崩溃。自我意识大致分为四种，这是一个叫雅斯贝斯的人分类的，其中之一被称为能动意识，就是我们的知觉、思考、感情，还有意志从我们自己的身上爆发出来的一种意识，如果这里发生障碍，就会产生人格分裂。这位精神科的医生对我说：你的情况，其实障碍就在这能动意识里。自我分为三种类型，即作为身体方面的自我，作为精神方面的自我，作为社会存在方面的自我，人格分裂在这三个方面都会分别产生。就是说，如果作为身体方面的自我发生障碍，就会觉得自己只是在这里，严重时连自己的体重都感觉不到。如果作为精神方面的自我发生障碍，就会觉得不是所有的举动都由自己在做，感觉就像丧失了感情一样。还有，如果作为社会存在方面的自我发生障碍，就会对外界的知觉失去现实性，所有的一切都被非现实覆盖，陷入在既没有远近感也没有清晰度的状态里。在我身上发生的，是这三种类型的复合性障碍。同时，自我意识里另外还有三种自我意识，即与外界区别开来的自我意识，得到统一的自我意识，被同一化的自我意识。这三种自我意识如果分别发生障碍，就会患上分裂症、强迫症、妄想症这些疾病……

伊维萨

医生这么对我说过之后，眯起眼睛注视着猕猴桃园的另一边：
"不过啊，将自我意识分类的事情，比如，在能动意识中作为社会
存在的自我很弱，所以就要设法强化它，但这是没有具体方法的
呀！神经上患病的人全都想逃避到疾病里去，所以即使渴望从那
里摆脱出来，也会是很勉强的呀！……"

　　自己变得稀薄起来……用手指轻轻地抚摸勒芙斯像吸收了面
糊似的黏糊糊的皮肤时，勒芙斯又颤动着她那纤长的眼睫毛睁开
眼睑，灰色的眸子牢牢地注视着我，嘴里喃语着"上帝的孩子"，
我把我的身体和世界的界线完全忘了。在那个烈日下碰到猕猴桃
的叶子时，我也忘记了我的身体和世界的界线。在哪里、又有哪
些区别呢？勒芙斯和地中海都非常漂亮，令人愉悦，还有烈日下
的猕猴桃园……

　　不知道。

　　没有人知道那种事。

　　就连我自己都不是为了知道那些事才活着的。我能说的，是
有关恐惧。一旦懂得些什么——不是靠什么人写的书或讲课而是
靠自己懂得些什么——恐惧就会变得淡薄。

　　"真知子、蓝色的、礼服，迪尔、粉红的、礼服。"

　　勒芙斯说着把自己的衣服借给我。我们一边欢笑着触摸对方
的身体，满不在乎地相互取笑，一边穿上看芭蕾舞的衣服。这时，

约翰斯顿带着一副笑脸出现了。他的笑脸似乎在说：这幢别墅是我的呀！如果没有我，你们就不可能那么快乐呀！迪尔冷冷地对他说：我们正在换衣服，你给我出去！约翰斯顿带着复杂的表情怔怔地打量我们，片刻后大概终于感觉到不管怎么样都不可能融入到我们中间来，便整了整他那令人败兴的无尾礼服的蝶形领结，走出了房间。迪尔对勒芙斯说：他好像怎么也弄不明白。

什么事？

刚才大家都想要午睡吧，那时他到我的床上来要和我做爱，这是很不合时宜的，所以我就拒绝了，但是他好像怎么也不能理解。他以为他是全面支援我生活的资助人，所以就有权利在高兴的时候自由使用我的身体。

可是那是两回事吧。

我告诉过他那是两回事啊！我说，你如果想自由使用我的话，请你去挑选其他更像妓女的女人。如果你尊重的不仅仅是我的身体，也包括我的精神和个性，并愿意为这些花钱的话，就不要在不适宜的时候提要求。我郑重其事地对他说了，他是能够理解的，可是今天的情况他没有理解。他以为我们能那么快乐，全都靠着他。他在想，他是别墅的主人，大家在巴黎认识时的房间也是他自己的，从巴黎到尼斯的机票也是他花钱买的，就是我们接着要去观看的芭蕾舞的票子和看完芭蕾舞后的酒会费用，花的都是他自己的钱，为什么就不能参与到我们的调笑中来呢？关于这个，我也不想去告诉他。这世界上原本就有两种人，一种是用金钱支撑着的人，另一种是接受金钱寻欢作乐的人。这些话，我不能对他说吗？

迪尔还不到二十五岁，下腹部却有些松弛了。勒芙斯尽管有雀斑，但全身的皮肤和肌肉都没有松弛。这难道就是小林说的吉卜赛人和贵族之间的差别吗？因为小林还没有回来，用不上他开走的那辆租赁汽车，所以约翰斯顿就叫了一辆高级轿车。那是一辆灰色的英国宾利高级轿车。太棒了！我们都面露喜色，感觉就像当上了哈莱姆区[1]的国王。

芭蕾舞剧是《胡桃夹子》。勒芙斯特别喜欢观看面向孩子们的演出，迪尔则奚落着这个剧院和舞剧，说是假冒的。约翰斯顿装作一副知道森林精灵的装束不是以绿色而是以白色为基调而且这是划时代的突破的模样。我是第一次观赏芭蕾舞。虽说摩纳哥是一个很特别的小国，但和国王在同一个空间为了共同的目的坐在同一家剧院里，这对我来说还是第一次。

开始的时候因为紧张，我还一直眺望着高得可怕的天花板上

---

1 美国纽约曼哈顿岛东北部的黑人区。

的巨大的浮雕画。在半球形的天花板上，中央描绘着圣母，圣母的周围配着神话色彩的动物、人类和天使。基本的色彩是金黄色，我直勾勾地注视着，感到晕眩。

美丽的东西会培养人的自我意识。

酒会安排在位于摩纳哥旧街区山丘中央的蒙特卡洛芭蕾舞学校校园内，开幕式是在夜里十一点钟。在俯视港口的芭蕾舞学校正门口，卸下芭蕾舞戏装的孩子列队迎接出席酒会的客人。学校在一个陡坡上，所以校园分成五层，像梯田那样用石阶连接着。穿过正门踏入成为梯田的校园时，面对着美丽的景色，我们的身体不由得一阵紧缩。因为昏暗，所以看不太清楚，周围有一片小森林包围着，好像是为了隔离赌场和街道的喧闹。晚会会场的四周是柔和的黑暗。照明是桌上的蜡烛和楼梯两边的火炬，还有照着形状各异的花坛的幻灯。灯光只是照着花卉，而且是从极低的位置清晰地照射上去，使熏衣草、含羞草、蔷薇花浮现出缤纷的色彩，与白天阳光下看到的花草不同，缺乏富有生气的现实感，就好像花纹挂毯带着湿透的光泽铺在地上一样。沿着楼梯排列的火炬大概从中世纪起就一直在使用了，它们飞溅出橙色的火花，使地面的红土显得更加醒目。众多的人影在红土上神秘地摇曳着。即使只看看这些红色与黑色纠结在一起的富有生命力的情景，一边走着一边也会心潮澎湃起来。放在桌子上的蜡烛映照出受到润泽的花坛上的挂毯和红色地面上的黑色人影包围的、小小的幸福的世界。我们的桌子是五层校园的从底下数起第二层靠近中央的地方。我们走下被火炬照耀着的石阶，其间约翰斯顿、迪尔、勒芙斯，他们没有一个人开口说话。他们是被这气势压倒了。

在桌子边一坐下，据说是从巴黎大饭店志愿来的侍者为我们每个人都斟上香槟酒。等到全体人员都在桌子边就坐，兰尼埃亲王和史蒂芬妮公主在芭蕾舞学校校长的引导下出现，在雷鸣般的掌声中就坐于王家桌子边。

"去取菜吧。"约翰斯顿说道。我们像走在一个巨大的舞台上一样，提着礼服的下摆走到校园中央的自助餐桌边。菜肴是意大利风味的开胃菜和蔬菜浓汤、洋蓟色拉、白色鱼肉馅饼、鹿肉排、烤牛肉，还有全都设计得像珠宝似的餐后点心。自助餐桌的周围挤满了花团绵簇的人们，我在混乱中和勒芙斯她们走散了。我挤出了很多汗，于是穿过花坛朝森林方向走去，想去凉快一下。这时，幽灵招呼我：你等一下。幽灵在一棵巨大的橄榄树边上，脸上长满胡须，脸庞看不清楚，体躯庞大得就像希腊神话里经常出现的半人半兽神。

"到这边来。尽管我不会在任何人面前都显形，但如果让人看到你和我在一起，对你不好。"

它讲话的方式和在赌场时一样，和我无声地向别人发送信号时一样，用激光手术刀那样的针尖般的东西刺激记忆和信息沉睡的地方，将影像显现出来。

"我的事情，上次夜里已经对你说了，今天夜里就听听你的事。"

怎么样才能把影像传递给它呢？我决定找出午睡时做过的梦，因为那个梦作为自传已经归纳得很好了。我把手上的餐具放在草地上，闭上眼睛，发掘着被埋没在脑海里的梦境。是梦境？影像，强烈的意念。显现的首先是猕猴桃园，然后是被埋在枫丹白露森林里的"先生"。我把这些意念暂时进行分解，将形状变成又细又硬的线一样的东西，作为波传送到幽灵那里。在估计波已经到达它那里的时候，幽灵笑了。

"难怪啊。"

幽灵这么说着笑了。幽灵笑过之后，向我走近了一步。从晚会会场里倾洒过来的光，令幽灵的身体稍稍有些显形。

"我们是以向导的概念才存在着的，这我对你说过吧？"

幽灵问我。我点了点头。

第
三
章
　
摩
洛
哥
的
热
风

　　幽灵只有远离烛光和火炬的月光照耀着它。它不像是在月光的照耀下朦朦胧胧地显现出来的灯塔，感觉上倒像是月光在平静的湖面上摇曳着映现出来的。我没有亲眼看到过全息摄影术，但我怀疑就是那样的东西。

　　"我是在公元 1308 年摩纳哥公国建立的时候作为灵魂而脱离的，你则拥有着名叫'真知子'的肉体，不过这两者的区别没什么大不了的。"

　　那么，什么才是重要的？你和我，是要做爱吧？我直勾勾地注视着全息摄影的幽灵，这么喃语道。于是它回答我：也不是那么回事。看来我已经与它成功地进行了信息交流。虽然它说"不是那么回事"，但我还是因为某种期待而震颤得瑟瑟发抖。我越来越难以抑制去触摸它的欲望。然而，全息摄影是可以触摸的吗？

"不管什么时代，不管什么样的境遇，基本原则这个东西都是一样的。我是说，不要紧盯着形态的差别不放，首先要作为同种同族生存下去，这需要追溯共同的经历。我说的话，你能明白吗？"

我回答说能明白，但我的手迅疾地伸出去去触摸它，速度比我的回答更快。这东西没有实体的感觉，我的手指和手掌一接触到它，它的形状就散架了。这不是不能做爱的吗？我感到失望，令人颇感扫兴的影像在森林漆黑的隙缝间扩散开去。那是无数黑色的猿猴将它们的身体模仿成树叶在注视着我。

"我想你也是那样的，我们无法与他人交流，你自然一个朋友也没有。"

被人一针见血地说中自己的痛处，我顿时就要哭出来了。它们说得没错。我的意识极其混乱，仿佛内心有一个在开天辟地前就形成的、能装下整个宇宙的浑沌世界。这种意识的混乱，如果要用语言一箭中的，那只有一句话。

没有朋友

没有朋友

没有朋友

没有朋友

没有朋友

没有朋友

一个朋友也没有

"你传递给我的历史，我非常感兴趣。那就是旅行。总之，向导这个工作和旅行是唇齿相依的。如此说来，关于我们这个家族的旅行，你从来没有过印象吧?"

有啊，说是旅行，还不如说是不停地逃亡的人，还有在后面追赶的人，不得不拒绝某种接触的人，和将某种接触当作最后的联系、结果不得不抹杀其他所有接触的人。只要一闭上眼睛就会浮现出这样的情景：在蚊虫肆虐的热带丛林里遭到政府军追杀的初期，有一名受伤的古巴游击队军官，他必须拿着有关进攻哈瓦那的重要情报穿越莽莽丛林。在交给少将布埃纳·维斯塔时他与埋伏着的政府军特工队发生了冲突，同伴全都被火焰喷射器烧死，他自己左脚也烧伤得很严重，以后三十六个小时里伤口爬满了各种各样的虫，还产下了很多卵。为了医治烧伤，他在两小时内痛得用完了所有的吗啡，他在那样的疼痛中觉悟到自己是向导，在好像四周都在滴水一般的强烈潮湿中，他不是对着上帝而是对着整个宇宙奉上了自己的感谢……我不是在讲故事，也不是在追溯脑海里的印象，我只是在解说现在亲眼目睹的影像。在全息摄影的幽灵和这片潜伏着幽灵的小森林对面的晚会会场之间，有一道裂缝，那个影像就在裂缝里展开着。即便这里就是蒙特卡洛，即便是在新宿小巷廉价旅馆的湿床单上，即便是在邻接着猕猴桃园的精神病医院，纵然我是个盲人，只看得见眼睛深处沸腾着的开水的映像，龟裂也不会消失。令我感到亲切的只是那个龟裂。我是从什么时候才开始知道并非人人都有那种龟裂的呢？我将变成妓女，我对这样的预兆感到胆怯，这不是因为我没有能力与能够相互沟通并保护我的男人进行个人交往而感到绝望，而是因为得知我这偷窥龟裂的能力并非与什么人都可以分享的。你瞧，就这样伫立在小树林的黑暗中，即使在触摸全息摄影的幽灵时，也有一个人、两个人、三个人、四个人，流露出同样的眼神到处乱蹿。我能看见有人在受幽禁、受拷打，看见有个黑人手臂被切断，用牙齿弹吉他，浑身沾满毒品，看见诗人发着高烧在沙漠中行走，一边将读过数百遍的妹妹的来信撕成碎片任其随风飘走，看见全身洁白的美丽女人在白色街道白色房屋的白色桌子上牵拉着粘满白色粉末的线，他们都是我的朋友吗？

你刚才说是同伴？

"是同伴，但当然不是朋友。说是向导，但也不一定能像我们这样对话。"

那么，我和你，为什么能进行这样的交流？

"这是因为，我是这地球上最古老的向导，你是最新的、有着肉体器官的向导。"

你和活着的向导都这样说话吗？

"不，那是不可能的。吉他手、诗人、女演员，他们隐匿在社会交际的背后，到死都没有察觉自己是向导。"

因为我没有才华。

"才华这东西，从向导的作用来看，它的价值就连蚯蚓屎都不如。"

作用？我算是有作用的吧。那是拯救世界？还是把世界引向毁灭？我想知道，但我感到害怕，心在咚咚地跳。

咚咚地跳

咚咚地跳

咚咚地跳

"不能这么说。"

你是既不愿意和我做爱，又不肯把作用告诉我啊。我一边这么说着，一边像中年玩伴特别擅长让人癫狂的性技那样，用双手爱抚着全息摄影的幽灵。我一接触到它，就感觉到它在发生变化，渐渐地变得柔软起来。你没有感到兴奋吗？我这么问幽灵。幽灵没有回答，或许它不想理睬我如此露骨的问话。

"当然，才华之类的东西，在这个现世中只能保证社会交际，和向导的特质没有任何关系。向导，只要认定自己是向导，就可以作为向导只管生活下去，但大家都抵挡不住恐怖，这才选择了才华。你没有那样的恐怖，所以到了这个年龄还保持着纯洁的天性。我当然能够和你接触，你不要把目光盯着才华之类的东西，即使错了，也不要去想什么拯救别人或拿起画笔之类的事。还有就是不要失去对死亡的恐惧心。死亡，对向导来说，也就是死亡而已。"

我们不能交个朋友吗？我这么问。成为软泥状的全息摄影的幽灵像快要溺死的蛇那样微微蠕动着，变成光泡在森林的黑暗中飘散而去。在快要消失的时候，幽灵回答我：

"交朋友，不行。"

我回到桌子边，约翰斯顿并没有埋怨我说"你去哪里啦，我们在为你担心呢"，迪尔和勒芙斯刚开始用餐。看样子有过一个兰尼埃亲王致词和干杯的仪式。餐桌上的气氛极其糟糕，约翰斯顿为不知道自己为什么会来这样的地方而感到焦虑，迪尔和勒芙斯两人大概吵过架了，一句话也不说。我最初喃语着"没有朋友"时痛苦得快要哭了，但最后幽灵拒绝与我交朋友时，我却莫名其妙地涌上了勇气。也许是因为飞散而去的全息摄影幽灵看上去很美的缘故。我以一秒钟一次的缓慢节奏将鹿肉送到嘴里咀嚼，眼睛却不朝迪尔、勒芙斯、约翰斯顿他们瞧一眼。随着时间的推移，窘迫的气氛越来越浓，约翰斯顿一副终于按捺不住的样子站起身来，说："我先走了，我坐出租车回去，宾利留给你们。"他离去之后，我们三人也没有说话。

在宾利轿车里，勒芙斯轻声告诉我，说约翰斯顿非常生气：你、在那个、树阴里、干什么？

是在和幽灵会面呀！

我是想躲藏在森林的黑暗里的，但据说我有半个身子成为剪影，整个晚会会场都可以看到。听她说，因为剪影在兰尼埃亲王致词时毕竟显得十分碍眼，她和迪尔分别来喊了我两次，但再怎么喊我，我也只是睁大着眼睛，全身僵直，没有任何反应。对于我的失态，人们都把责备的目光对准了陪我们来的约翰斯顿，会场里顿时笼罩着异样的气氛。约翰斯顿对迪尔发了一通脾气，说：我为什么要来参加这个晚会？不就是那个日本女人求我带她来的吗？为什么偏偏让我受那样的羞辱？迪尔和勒芙斯则庇护我，但见到我回来后没作任何解释，只是以迷惘的眼神进餐，她们便什么都不说了。

人家、都看着、真知子，你没有、发现？她是说所有的人都用轻蔑的眼神看着我。

一回到别墅里，迪尔和约翰斯顿便开始激烈地争吵起来。听说小林没有和约翰斯顿碰面就连夜坐飞机回巴黎了。因为我和小林都是日本人，约翰斯顿以为小林会照顾我的，不料小林却将语言不通、束手无策的我一个人扔下，连个招呼也不打就消失了踪影，这令约翰斯顿倍感焦虑。没想到肉食人种会激动到如此地步，我和勒芙斯溜回自己的房间，远远地躲着迪尔和约翰斯顿。

我在椅子上坐下一言不发。勒芙斯大概觉得我很沮丧，走过来抚摸着我的头发，对我说："没关系的。"

她以为我很沮丧，不停地说着话安慰我："欧洲的假绅士、像绅士那样、受到约束，所以、没关系的，不会、对你、怎么样的。"我沉默不语并不是因为觉得自己干了不知廉耻的事，我是想起了幽灵说的话，在思考着它的含义。"欧洲、那些、假绅士的、男人，真可怜，不敢、承认、欲望，生气了，也不能、打女人，是为了安定？对许多事情、都放任不管，现在、感到为难。"见我坐在沙发里一言不发，勒芙斯念念叨叨地对我说了很多话，费尽心计想让我振作起来。我听着波涛声从玻璃窗外传进屋内，心想，这波涛声和日本、地中海都一样。楼下迪尔和约翰斯顿的争吵声透过地板和墙壁传上来，我心想，他们的争吵声很像波涛声。听着这两种声音，眼前勒芙斯又柔声细语地对我说话，我觉得勒芙斯很讨厌，于是和幽灵说话时的那份兴奋和感动的感觉渐渐地淡薄下去，很久很久以前的、现在早已忘记的厌恶情绪从我的脚底慢慢地涌上来，这是一种与某种极珍贵的东西远远地、决定性地隔开，永远不可能再接近它的情绪。说得更明白些，那是一种对这个现实而言自己是多余的感觉。当然，对勒芙斯那充满着温柔和同情的话语，我也几次地想要回应她。谢谢、勒芙斯，我吧、我吧

我吧

我吧

我吧。后面的话就没有了。如果我从一开始就极有耐心地诉说与幽灵的事，勒芙斯也许不会装作一副听得懂的模样，不能理解的时候会直言不讳地对我说听不懂，会替我分担一半厌恶的情绪。但是，我再怎么折腾都不愿意提起幽灵。这样的自闭如同被强制待在海底的贝壳。这种自闭是什么呢？我不是没有体力解放自己的思想。即使在脑海里翻遍从出生时起到现在的所有熟人，也没有人会像眼前的勒芙斯那样极有耐心地听别人说话并努力理解它。

我几乎没有回答她，只是微笑着无力地点头。见我这样，勒芙斯一点也没生我的气。她为我取来法国科涅克产的白兰地酒，说"这样的时候、这是最好的东西"。酒瓶的形状从没见过，标签因为蒙着一层灰而无法看清。"这是、非常、好的，是十九世纪的、酒。"勒芙斯这么说着，简直像茶道那样郑重地、出声地拔出

瓶栓。瓶栓被拔去时，微微却强烈的葡萄香味在房间里弥漫开来。那真是微微的，真是强烈的，一瞬间便消失了。我想起全息摄影的幽灵突然飞散着光芒消失的情景。"哇！"勒芙斯喃语道。我也"哇"了一声，以表示对百年以上的陈葡萄酒的香味的敬意。十九世纪的葡萄酒暂时让我摆脱了自闭。在电影《疤面煞星》里有一个情节，黑社会老大手指一瓶价格高达五百美元的酩悦香槟笑道："你说的是这个？很普通的葡萄酒呀！"我非常钦佩这个情节，它画龙点睛地表现出了佛罗里达贩卖可卡因的黑帮之无教养。我将酒斟入酒杯里，闻了闻它的香味，朝咽喉里啜入一口。这时，我恍然大悟，我们创造物品不是因为需要那些物品，而是为了摆脱由影像产生的恐怖。百年前的葡萄酒能够消除恐怖。如果赋予不明由来的恐怖以形状，恐怖也许就会消除。但我觉得我不能那么做。我从来没有写过诗，也没有画过画，也不唱歌。别人也许会说，那是因为我"不会做"那些事，但我是"不做"。创造物品，那是懦夫做的事。

楼下的迪尔和约翰斯顿的争吵不知什么时候停止了。大概是连续吼叫吼累了吧？也许是重归于好开始做爱了？或是哪个人杀了对方？我想象着约翰斯顿勒住迪尔的脖子杀了她以后失魂落魄地哭泣的惨状。要是在以前，头脑里一旦产生这种戏剧性的想象，我就会浮想联翩乐此不疲，但今天夜里我做不到这一点。尽管如

130

此，勒芙斯还是很温柔，她决不会从我身边离开。

谢谢你，勒芙斯。我说。你、决不会、抛弃、我的吧。

我不是、为了你、真知子。勒芙斯一边用手掌捂热斟有科涅克高级白兰地的酒杯，一边说道。是为了、我呀……她为什么会这么正直并富有耐心呢？我这种人身边为什么会有这样的女性呢？我这一想，眼泪突然夺眶而出。我失去了自我，像婴儿似的哭泣不停。

现在、你想、怎么样、改变、什么，请告诉、我。勒芙斯说道。我拼命止住眼泪，回答说：我、不想、在这里。

可是，我、不知道、想去、哪里。

勒芙斯想了片刻，取出飞机时刻表，说：去沙漠吧。

沙漠的影子、很长呢，而且、沙漠的风、热得、一瞬间、就把汗、吹干了……我们只用十分钟的时间就打好了包，用电话叫了车，深更半夜里走出房门。从大海刮来的风吹在因白兰地的作用而稍稍发烫的面颊上，心情很舒畅。包租汽车到达后，我们正往车上装行李，迪尔他们房间的灯亮了。我们上车时，迪尔光着身子披了件长晨衣跑了出来。

我们要去摩洛哥，勒芙斯说。在这深更半夜里？迪尔忧伤地扭歪着脸问。我心想，这就是吉卜赛人的脸。勒芙斯告诉她，意大利航空公司有趟班机早晨七点从热那亚起飞去卡萨布兰卡，现在坐车去，睡一觉就到热那亚了。

你同他和好了？勒芙斯问。迪尔点点头。

因为我需要他，迪尔用吉卜赛人的表情说道。迪尔没完没了地吻着我们和我们道别。我抬头朝屋子望去，约翰斯顿从窗口探出脸来。"再见。"我朝他挥了挥手。约翰斯顿露出死人般的表情。包租汽车行驶着，带着花香的潮湿而凝重的空气在车厢内流淌，我发现移动能让人元气大振。因为我不是制造物品的，我想，所以我也许应该不停地移动。

在热那亚机场的厕所里，勒芙斯把可卡因和其他安眠药之类的东西全部扔掉了。她觉得去一个不知道海关将如何检查的国家，就不应该带毒品之类的药物。在包租汽车里，在机场里，在意大利航空公司的班机里，在卡萨布兰卡的过境室里等候去丹吉尔的国内班机，这样的时候，我完全像是一个难民。我的眼睛因睡眠不足而浮肿着，而且即使闭上眼睛也睡不着，我不知道自己现在感觉到的是希望还是不安，时而流露出不知道往哪里看的眼神，我无法控制住自己的感情，等注意到时，我已经哭了，勒芙斯像母亲一样温和地抱着我的肩膀。

*

勒芙斯摇着我的肩膀将我喊醒，说"到了"。丹吉尔的机场里到处都涌动着热气流，已经是暮夏了，景色却仍然被热量扭曲着。不管什么样的景色，难民都不得不接受它。看到入境管理员和海关的职员都非常威严，我才知道勒芙斯为什么在卡萨布兰卡的机场里换衣服，在去丹吉尔的摩洛哥皇家航空公司的班机里仔细化妆和梳理头发。“摩洛哥、是、旅游国家，不过这是在北非、所以要表现出、法国人的气派。”勒芙斯朝军人一般的机场官员挺直腰板，我们几乎没有停下就穿过挤在出口处附近的褐色皮肤的人群，坐上座位由于暑热和油而滑腻腻的奔驰出租车。骆驼商队在连道路也没有的延绵不断的沙漠中缓慢行走，寻找着绿洲——我还在脑海里这样想象着以前在电影《阿拉伯的劳伦斯》里看到过的情景，没想到丹吉尔通往市区的道路却铺得很整洁，缓缓起伏的丘陵上长着十分茂盛的、在法国南部也可以看到的橄榄树，根本看不见一头骆驼。勒芙斯说了个旅馆的名字，司机只是“嗯”了一声，没有再说一句话。从司机的身上散发出一股强烈的腋臭，像兴奋剂一样刺激着我的头脑，让我清醒过来。第二次和羊群擦身而过以后，丹吉尔的街景显露出来。街道上是一派难以言状的情景。有的人在漆黑的皮肤上穿着现在就连我乡下的父亲都不穿的那种颜色的套装，有的人明明是白人却穿着民族服装，还有用有光泽的布料裹着头的黑头发蓝眼睛褐色皮肤的少年，用黑色透明的披巾遮脸的女人，白色的墙壁，粉红色的屋顶，黄色的招牌，骑着自行车背着红通通的剥掉皮的羊欢笑着的半裸老人，陈列在写有阿拉伯语的橱窗里的蒙着灰的本田都市轿车，喷水池边，患有皮肤病的狗在润湿喉咙，自行车和摩托车、机动三轮货车、卡车、出租车在喷水池的四周熙来攘往，自行车上坐着两个络腮胡子的高大男人，摩托车上横跨着一个怀抱山一样的薄荷叶的、胖得不能再胖的红面孔女人，机动三轮货车上堆着鸡蛋，其中一只鸡蛋掉下来砸碎了，一只灰色的猫正舔着那个鸡蛋，卡车辗了过来，于是分不出蛋黄和猫的肉身，出租车里挤着七八个乘客。登上平缓的坡顶，有一个看得见大海的历史遗址，中世纪的大炮简直就像巨型男根那样并排竖立着，露出黝黑的、色泽滑稽的、圆圆的炮口。沃尔沃和梅赛德斯-奔驰的豪华型汽车分别从车门口、排气管、散热管懒洋洋地将满是雀斑的美国旅游者、黑烟、蒸汽吐出来。卖明信片的小贩、卖土特产的小贩、卖凉鞋的小贩、卖阳伞的小贩、卖泳衣的小贩、卖报的小贩、卖香烟的小贩全都围着"雀斑"，像魔鬼克星那样背着黄铜薄荷茶制造机的薄荷茶商将薄荷茶叶连同香味一起洒在干燥的铺路石板上，嘴巴比鸽子更尖的鸟在天空的另一边成群飞舞，它们的影子将整个街道掠出黑色的水珠花纹。我眺望着这些情景，突然感到一阵晕眩，就在这时，奔驰出租车到达旅馆了。

明萨夫大饭店。发音或许是"明萨"吧，但"MINZA"的后面有个"H"。饭店大门的周围聚集着贼头贼脑地缠住饭店客人不放的商贩。我从出租车上下来，在像是沾着什么血迹的石板路上踩到了忘记是哪家厂商生产的平底便鞋的后跟，这时，我心中涌出一股怀恋之情。饭店坐落在从有个大炮遗迹的高坡沿平缓的坡道下去不远的地方，坡道底下看得见旧市区的入口。"麦地那。"勒芙斯指着那个入口告诉我，"过一会儿、放好、行李后、去看看吧。"勒芙斯那灰色的眸子里隐隐地映出入口的拱型门，从那隙缝间看得见人流、动物、植物的拥杂。我大概是怀恋那样的情景吧？或是混杂着动物气味和撼动空气的金属声的喧闹？至少这不是一种似曾相识的情景。所谓的似曾相识，是指松弛了的风景渗透在松懈了的精神里。

这种怀恋是什么呢？我坐在幽暗的大堂里阴冷的皮沙发上等勒芙斯时这么想。勒芙斯正在办理入住手续。前台小巧玲珑，穿着深色套装的登记处服务员露出一副接待有钱人已达二十年以上，对所有有钱人的类型、品位、层次都了如指掌的表情，他们能够自然地感觉到客人所携带的钱财和傲慢的气息，用内心的生物计算机以数据的形式准确地计算出它的分量。勒芙斯对这样的人能发挥最大的威力。勒芙斯的身上散发着前世带来的奢华气息。在里维埃拉分手的迪尔则不同，迪尔最讨厌这样的地方，迪尔的猥琐在银行或迪斯科舞厅、餐厅、机场、过境时还看不出来，但在有着历史背景的老式旅馆里就暴露无遗了。从这样的意义上来说，旅馆也许是堕落得最彻底的地方吧。"好像、房间、还没有、准备好、我们、到院里、去喝点、啤酒吧。"勒芙斯简直就像把显示自己来历的纸片撕碎后交给为我们保管行李的搬运工似的交了小费，然后带着我走进内院。内院并不怎么宽敞，但喷水池周围瓷砖上的阿拉伯风格嵌饰花纹却十分漂亮。我们坐在阳伞底下漆成白色的铁制椅子上。我还是揣摩不出刚才我为什么会油然涌出怀恋的情绪。那么说起来，我的体内已经没有人可以说话了。我不知道是不是因为幽灵的缘故，在巴黎邂逅的乔埃尔消失，幽灵最后也变成飞散的光化为乌有了。

丹吉尔这个地方怎么样？勒芙斯问我。我回答说：刚到，还说不出什么来。这时我明白自己真正怀恋的是什么了。那一定是类似于最原始的力量的东西。丹吉尔的城市里具有一种东西，它不是将我和景物相互融合在一起，而是使我的心情变得跃跃欲试，产生一种想剖开自己的内脏暴露在这景物的空气中的冲动。那种跃跃欲试的冲动义无反顾地朝着实现的方向增加着强韧的程度。尽管幽灵什么都没有告诉我，但这些感觉，我是知道的。我虽然不知道是以什么样的目的在引导着什么人，但我想，对向导而言，最大的敌人恐怕就是感伤。因为如果向导变得多愁善感，旅行就不可能再进行下去。

我和勒芙斯喝着商标上绘有骆驼的啤酒，吃着各种坚果仁，陶醉在缓缓流逝的时间里。

沙漠。

我这么喃语着。我又嘀咕了一句"沙漠"，体内的一根神经突然竖起。正靠在椅子上放松身体的勒芙斯好像乳头受到电击的囚徒那样猛然抖瑟了一下脖颈。什么将要开始？是什么将要开始啊？勒芙斯用一对湿润的眸子望着我。在眼睑里面瞪大着的屏幕上，我们在黄昏的沙漠上行走着寻找水。令人感到奇怪的是，水，到处都有。从世界上最小的、水滴只能说小得像隐形镜片的湖泊，到漂浮着八万吨客轮的入海口，水不可悉数，将天空从深蓝色到橙色的不同层次毫无遗漏地映现出来。我和勒芙斯在那色彩纷繁的层次中行走。那里是世界的尽头，是产业废弃物的处理场，又是最高级的旅游度假胜地。半裸的男人运送着水银、酸、浓石灰混合的黏糊糊的液体。在他们工作场的紧后面，有一个人工海滩和模仿贝都因人[1] 帐篷式样的、一宿四千第纳尔[2] 的小木屋。从半裸的男人中间走出一个小礼服装束的旅馆服务员，把我们带到其中一间小木屋里。那个小木屋是模仿游牧民族的帐篷建造的，却到处都有小型的圆窗。帐篷质地的颜色和现在眼看就要下沉的夕

1　北非撒哈拉沙漠的阿拉伯人。
2　当地的货币单位。

阳颜色一样，都是橙色，就像在麻布十番等地的民间艺术品商店里出售的带小圆镜的印度服装那样。我和勒芙斯在小木屋放下行李，换上游泳衣，穿上凉鞋去海滩。海滩上还有其他客人，全都让人觉得很厌恶。他们的脸上都有颜色。不是涂了什么东西，而是皮肤的色素本身简直就像彩虹一样。一名中年男子身板像游泳选手一样结实，整个脸庞却是黄色的，嘴唇粉红色，眼睛绿色，耳朵红色。一个从背脊到脸覆盖着众多老年斑的北欧人面相的老太太，她的脸庞和整个身体呈钴蓝色，老年斑呈耀眼的粉红色，嘴唇是灰色的。一个脖颈和肩膀上都长着脓包、估计来自美国农村的胖男人，身体呈黄绿色，身体上的脓包却呈紫蓝色。这个旅游度假胜地的风土已经失去了平衡。我们努力不去在乎他们，用装得自然的笑脸向他们打招呼，在遮阳伞底下的折叠帆布躺椅上躺下，心里却怎么也不能平静下来，担心一旦受到失去平衡的风土的感染，自己的身体和脸也会沾上颜色。我自言自语：这个沙滩，是湖滩还是河滩或是海滩啊？于是勒芙斯说：那种事，我们管得着吗？她这么说着，触摸起我的身体来。这是女孩之间司空见惯的、极自然的行为，但在摩洛哥却好像刺激很强烈。处理产业废弃物的半裸工人都停止了搬运垃圾，愣愣地注视着我们，不久便陆陆续续地来到我们的周围。身体和脸上都沾着颜色的游客们向我们缓缓靠近，我和勒芙斯感到害怕，虽然尽量装作不在乎

四周的模样，但终于忍受不住，逃也似的回到了小木屋。帐篷里
有音响设备，勒芙斯放了加尔西乐队的萨尔萨舞曲，这时传来了
敲门声，一个半裸男子手拿三只橘子站在门口。他先报上自己的
名字，叫"海夏姆"或"克拉什"之类的，因为语言完全不通，
所以不知道正确的称呼。半裸男人都不会讲法语，我的交流波也
不能与他们沟通。在这个"海夏姆"或"克拉什"男人的后面，
一个更年轻的叫"诺迪姆"或"加拉玛"的男子端着薄荷茶出现
了，他让勒芙斯情不自禁地提出要三个人一起玩。通过动作、手
势，还有他们知之不多的几个法语单词，我们才弄明白，他们是
第一次见到像我们这样的女人，产生了极大的兴趣。他们聚在一
起商量，说：不知道用什么样的方法与她们接触才好，所以要带
上礼物表示我们的诚意；我如果不行的话，下一个就你去试试；
橘子和茶叶看来她们不太喜欢，所以你要带其他礼物去；她们还
没动礼物，不知道她们会不会像我们这样把橘子从嘴里吃下去，
等等。接着，佩雷纳德、特勒姆什、佩雷贝、特德、亚玛科、哈
里姆、尤斯夫、贾姆亚、西迪、阿贝斯、阿布达尔、贾兹，一个
接一个地来。尽管我们什么都不需要，对他们说我们想两个人安
静些，请不要打搅，但他们还是接二连三地给我们送来海枣、摩
洛哥土产葡萄酒、砂糖点心、山羊乳酪。他们自己从来没有安静
过，又不知道别人有需要得到安静的欲求，所以他们无法理解我

伊维萨

们。勒芙斯焦躁起来，她用法语大声喊着"绝对不要再来了"，强行关上了门。勒芙斯发出的喊声很响，所以男人们都胆怯地停止了敲门。不可思议的是，郁闷的情绪一旦远去，色心便偷偷地涌上来了。勒芙斯抚摸我的面颊，捧起我的脸，她的呼吸变得急促，牙齿开始颤瑟。房间里充满奶油味和乳酪味，我们用鼻子使劲地闻着。接着，不知道过了多少时间，我们都如痴如醉地沉浸在令对方感到愉悦的过程中。而且，两人同时发现帐篷的圆窗上，紧贴着佩雷贝、诺迪姆或加拉玛、阿布达尔、阿贝斯、哈里姆、贾姆亚、贾兹、特勒姆什、还有脸上和身体上粘着颜色的人们的脸，简直像春季贴在樱花树上的毛毛虫，或夏季贴在鲸鱼尾巴上的藤壶。那情景十分可怕，我强行打破了自己的梦。

我们汗流浃背，眼前是丹吉尔午后的院子。"呀、已经不行了，"勒芙斯说道，"呃，去、找可卡因吧……"

我们把行李放在房间里，简单进了午餐，然后出去买东西。房间是可以从两个方向望到大海和庭院的套房，午餐是被称为"肯拜布"的烤鸡肉饼那样大小的肉丸，烤着或煮着吃。

勒芙斯说过，如果要买东西，找侍者最方便。但看来丹吉尔的高级饭店明萨夫大饭店的侍者都很老实，不会帮我们买到我们想要的东西，因此勒芙斯喊了一辆奔驰出租车。摩洛哥这座城市里有两种出租车，一种是奔驰和雪铁龙的"grand"出租车，"grand"在法语中是"大"的意思，另一种是菲亚特和标致的"petit"出租车，"petit"在法语中是可爱、小巧的意思。

奔驰的司机是一个名叫"阿布德尔"的大个子男人，脸上和全身都长着硬毛。勒芙斯脱去入境时穿的连衣裙，换上白色运动背心、黑色短裤和黑色高帮跑鞋。我将头发拢起打了个结，穿着胸部袒得很开的宽松罩衫和紧身牛仔裤，还有在摩纳哥买的黄色平底便鞋。"就让人、把我们、看作是、喜欢游玩的、有钱的、女、同性恋者吧。"勒芙斯说道。阿布德尔大概把我们当作是喜欢游玩的有钱的女同性恋者了，知道我们对出售铜制工艺品和绒毯的商店、腓尼基和罗马的古战场遗迹、旧市区的神学校都不感兴趣时，便马上问我们要不要印度大麻。勒芙斯回答说想要二十克大麻和两克可卡因。阿布德尔说：摩洛哥的大麻是世界上最好的，用高尔夫球来打比方就是圣安德鲁斯[1]，但可卡因是从马拉加[2]运进来的，要问过朋友才能知道是不是弄得到手……朋友的住宅在阿拉伯人的街区里，听说昨天刚从马拉加进了一批上等货，那位无论怎么看都像是自来水公司管理人员或小学老师的朋友特别胆小，他将场所指定在阿布德尔那里，可见摩洛哥这个旅游国家对

---

1 英国地名，高尔夫球的起源地。
2 西班牙南部的港口城市，濒临地中海。

毒品的管制是非常严格的。和朋友见面的场所是在一块空地上，那块空地在稍稍远离街区的高坡上，是通往高级别墅区的入口处，那里有一道豪华的门，由私人门卫把守着。我问为什么要在这样的地方交付可卡因，勒芙斯回答说：这样的地方要么是有一种没人敢干坏事的意外性，要么是别墅里的有钱人都在干这种事，两者必居其一。不久，过了顶多二十分钟，出现了一辆雪铁龙，副驾驶席上坐着一位面容高贵的妇人，朝我和勒芙斯招招手。我们上了雪铁龙。脸上蒙着黑面纱的贵妇人"啪"的一声打开黄铜小箱子，用瑞士军用小刀的尖端挑起粉末，送到勒芙斯的鼻尖让她试试。勒芙斯用法语说了句"好极了"，交易就成立了。雪铁龙又改变了交易地址，我们再回到奔驰上，跟着雪铁龙驶去。

我们到达黄昏时分的高坡上，那里以一座小型清真寺为中心，有一片废墟一样的集体住宅，往下俯瞰是缓缓起伏连绵不断的山丘，和染成浅茶色的橄榄园。所有建筑物的墙壁和屋顶都是白色的，所以黄昏的空气宛若被它渗透了似的改变了景物的颜色，仿佛完全融入了淡紫色、粉红色、橙色等不同层次的液体里。我们从奔驰上下来，恍恍惚惚地望着正在踢足球玩的孩子们，清真寺里突然开始传出诵经声，那金属般的声音震撼着整个黄昏。

"好像、在、别的、行星上。"勒芙斯说道。我点着头，流着眼泪。带着钱消失在住宅区里的阿布德尔拿着可卡因回来了，但我们还是久久地伫立在那里。我把用高尔夫球来打比方就是圣安德鲁斯的摩洛哥大麻深深吸入肺腑，第一次体会到这个世上不仅仅有太阳，还有上帝的光源。

"上帝的光源。"我不停地喃语着，意思也传递给了勒芙斯。司机阿布德尔身材魁伟，还长着一身浓毛，却显得畏首畏尾。勒芙斯命令他把我们送到能俯瞰整个丹吉尔街景的地方。"快！快！快！快！"我和勒芙斯时而摩挲时而捶打阿布德尔那隔着衬衫也能感觉到体毛很硬的后背，催着他快开车，要赶在夕阳没有彻底沉没之前赶到那里。阿布德尔是第一次被操着巴黎口音的法语、心术不良的金发女人和有着黑色眸子、吸墨纸般的皮肤的东方女人同时抚摸身体，他乐不可支，兴奋地按着喇叭，飞一般地驾驶着奔驰。

原以为那地方是一个瞭望台的旅游胜地似的地方，不料却并非如此。通往高坡的道路通常两侧一边是山谷一边是山峦，道路是沿着斜坡呈锯齿形削凿出来的，但阿布德尔驾驶奔驰追逐夕阳的是另　条道路。阿布德尔接连爬上陡坡，两侧是壁立千仞的悬崖，峻峭得让人担心只要轮胎稍有偏差就会掉落下去。道路虽然铺过石板，但路边到处都有塌陷，有的路面会猝然变得十分狭窄，当然也没有护栏。勒芙斯牢牢抓住前座，手背上的青筋都暴了出来。那是一座几乎没有树木的秃山，形状如一个竖着的鸡蛋，我猜想山上建造的大概是一条从山麓到山顶几乎呈直线的道路。道路的宽度无法让汽车迎面擦肩而过，所以途中备有好几处给车子避让的地方，形状如同蛇吞下猎物后膨胀起来的腹部。

山顶上有大理石已经坍塌的破房和看上去伸手可及的月亮。从破房里走出背脊像在污水里长大的鱼那样扭曲的人，和背脊没有丝毫弯曲的狗。受破房的阻挡，原本全景式的瞭望台上无法淋漓尽致地饱览全景，但我们可以望见染成紫色的空气在延伸到地平线之前每一秒钟的色彩变化。与交接可卡因的集体住宅不同，从眼皮底下的街区里到处都传来诵经声，我不由跪下来合起了双手。背脊扭曲的人在仅有的一棵还活着的杉树底下跪下来开始祈祷，背脊没有丝毫弯曲的狗合着抑扬顿挫的诵吟声开始大声吠叫，我回头看身旁的勒芙斯，也许是神经因为可卡因和大麻而变得十分脆弱的缘故，她竟令人吃惊地流着眼泪。我在想要不要问她天主教徒听到诵经声会不会也哭，但我没有问，因为我也感觉到在大麻让我放大瞳孔时，有个东西从我的下腹部涌了上来。

我好像能看见诵经声在紫烟袅绕、轮廓模糊的视野里徐徐上升。也许我是真的看到了。勒芙斯后来说，她看到无数呈锯齿形的箭头朝着天空飞去。我从来没有听到过人的声音和祈祷声如此像金属音。我觉得炽热的金属片在熔化，刚刚熔化的玻璃片被上升气流吸引而去。太阳完全沉没、紫色降低了一千度色温的时候，我听到勒芙斯"啊"的叹息声。我的膝盖颤抖着，眼角渗出了眼泪。勒芙斯后来对我说，和那时的情景一样。据她说，她曾经在纽约看到过与此相同的情景，在西七十二大街的自然历史博物馆里有一种马科斯天然摄影的特殊映像，胶卷、摄像机、投射器、屏幕都是特制的，画面有普通的十六倍那么大，即使用标准镜头放映的映像，也能得到与我们的眼睛大致相同的视角，就是说它不是像通常的电影那样能任意剪小的画片。靠着那个马科斯天然摄影，她看到过被安装在航天飞船上的摄像机所拍摄到的映像，飞船在固定的轨道上绕着地球飞行，飞行到某个点时，地球本身就会成为反射器，映出靠着太阳的反射光进行作业的宇航员。远处的地球一半是黑夜一半是白天，靠着从地球的"白天"一侧射来的间接光，飞船周围的全视界成为异常明亮的黄昏光景。那样的情景和从这山上看到的丹吉尔街景完全一样。据说，她思考了自己从何处来、往何处去，思考途中，她在站在那个地方的强烈的必然性中感觉到一种巨大的东西的意志……那是一种平面的、淡淡的、会让人想象出其他某种巨型光源的景色。而且，那种情景不是像闪烁着微弱灯光的、有着凹凸的城市在不知不觉中昏暗下来，也不是在蓝色海岸曾感觉到的"黑夜"这个活生生的东西在悄悄地降落下来，而是时间本身作为粒子，粒子被诵经声吸引

伊维萨

着飞舞起来变成云，细雨又从那云层里降落下来充实着视野，于是黑夜便形成了。那个黑夜最初是一个小小的点。就像在夜空下望着星星那样，我和勒芙斯都能够找到最初那个小小的黑夜。那个极小的一点在几乎没有树叶的杉树根部显现出来，先让狗感到害怕。那个极小的黑点出现并延伸着粒子变成线条的时候，狗一副不知如何是好的模样沉不住气了，蜷缩起尾巴害羞地趴在地上。丹吉尔的夜晚就是先制造出线条。线条有三秒钟时间一动不动，为下一次扩散积蓄力量。纤细的针因热量而将颜色变成红色或白色。我觉得正在发生与此相反的事。大概是什么东西把不是线条表面而是线条内部的热量一口气夺走了吧。虽然被夺走了热量，但线条的黑夜没有缩小，而是像要显示出激烈悸动的记时仪那样，以痉挛的状态获得了"面"。那种绝对性的扩散比熟练地涂油漆快几亿倍，比掠过水面的雨滴快几万倍，比硝和汽油混合物的爆炸快几百倍，比从恒星上发出的电磁波放射还要快几倍。黑夜当然还入侵我们的身体，将无法熔化的凝重的影子根植在内脏夹缝之类的隙缝间。

不久，当向那样的黑夜表示全面投降的灯光在眼皮底下开始闪烁的时候，我们冷笑着，对它的愚蠢表示轻蔑。与黄昏和黑夜相比，那种电子仪器的光贫弱得简直就像贴在上帝送给这个世间的金象身上的一只虱子。

*

我们决定在饭店的餐厅里吃饭，虽然司机阿布德尔向我们介绍了海边的海鲜餐馆，但勒芙斯认为理应在饭店里用餐。对我来说，无论在哪里用餐都可以。餐厅是摩洛哥风格的，在比椅子低的、凳子般的软椅上坐下，身穿民族服装的侍者为我们上菜。勒芙斯对摩洛哥菜很精通，由她点菜。光葡萄酒她就点了卢瓦尔白葡萄酒和波尔多红葡萄酒。勒芙斯向我介绍说，那是在她隔壁的村子里一个有名的酒庄酿造的，她曾看到那里的一个男孩躲在仓库里自慰。她介绍的那瓶深红色的葡萄酒，价格是最昂贵的摩洛哥葡萄酒的二十倍。我的开胃菜是摩洛哥特色的鸽肉馅饼，这东西像是炸得酥脆的薄饼似的，隙缝间夹着细碎的鸽子肉，用十几种佐料调出香和味，表面贴着肉桂糖衣。勒芙斯让我吃了一口羊脑煮西红柿，很像鱼籽。产生精子的部位和产生思考的部位味道是一样的，我对此觉得很有趣。我夹杂着日语、英语、法语，想要把这个意思传递给勒芙斯，但怎么也不能沟通。"小鸡鸡、脑子、一样。"我这么一说，勒芙斯便笑得前仰后合。她的笑声响得连后面座位上的美国人都回过头来看。主菜是羊煲和鸡煲，所谓的"煲"，就是圆锥形锅盖、顶上开个孔的土锅，大概是靠那圆锥形的锅盖才能长时间地蒸着而不走味吧。用叉子稍稍碰一下羊和鸡，肉就从骨头上脱落下来。看来勒芙斯正处在可卡因效果消失的阶段，她一眨眼工夫就把羊肉报销了，还把我的鸡吃了一半。餐后点心甜瓜端上来时，民族音乐和肚皮舞开始了，几乎与此同时，在枫丹白露的森林里被我们残杀的"先生"的幽灵出现了。因为猝不及防，再加上还是死时的那副模样，所以我差点把刚吃下去的东西吐出来。勒芙斯见我脸色变得很差，察觉出我的情况不妙，便四下打量起来。她尽管不具备发现幽灵的特长，但还是感觉到了"先生"。那样的东西为什么会冷不丁出现，又被我冷不丁看见呢？我曾与乔埃尔和全息摄影的幽灵交谈或见面，但从来没有见过愚笨而粗俗的鬼魂。"先生"的鬼魂的确很让人厌烦，它浑身沾满血污和泥土，一副羞羞答答的模样，在餐厅角落一面偷看着我们，一面靠在墙壁上。我和勒芙斯相互用目光示意了一下，决定装作不知道。那时，肚脐上挂满钻石的肚皮舞舞女扭着屁股在各张餐桌之间表演，她走到"先生"边上那张有一对英国人模样的老年夫妇的餐桌前时，她察觉到一种异样，不由猛抖了一下。由于时间非常短促，所以其他人还以为这是舞蹈的一部分，但我们心里明白。精神高度集中的舞女，有时神经的屏障会脱离轨道。我的透视能力并没有达到随心所欲的程度。勒芙斯认为我拥有不可思议的能量，何况我尽管不知道那能不能算是一种力量，但我自己也知道我有时能感知到别人听不到也看不见的东西。然而，乔埃尔自然不用说了，全息摄影的幽灵也不是鬼魂。乔埃尔是我的意志的变身，全息摄影的幽灵则是成形的概念，它们和我凝视着的铬锅里的沸水处在同一条线上。鬼魂则不同，就连它们是否真正存在都是无足轻重的，它们只是郁闷和多余的。不管有没有鬼魂愿意来守护我，但我的意志始终不变，而且我对鬼魂没有兴趣。一想起乔埃尔和在巴黎的迪斯科舞厅里击倒催眠师时的情景，就能够明白我们人人都拥有某种屏障。那种屏障恐怕在物理上是可以测量的，现在没有测量的仪器，只不过是因为我们作为地球的磷酸类生物没有那种必要而已。语言恐怕也是那种屏障之一，所以在没有语言的星球上，屏障也许相反可以成为信息交流的手段。所谓的屏障，就是拒绝的力量。拒绝，那是多么漂亮的语言啊。我们离开了餐厅。"先生"就像日本的说唱中再怎么遭到厌弃也拖着沉重的脚步跟在后面的女人一样跟着我们。

"这种事、我是、第一次。"我们坐在庭院的桌边喝薄荷茶，勒芙斯说道。

"我是、第一次、看到、幽灵。"勒芙斯这么说着笑了，"不过、不特别、可怕……"我装作没有去看"先生"那边，但那个破衣烂衫的身影再怎么厌恶也总在我的视野里。"我不知道、为什么、不害怕，是因为、真知子、在身边?"勒芙斯这样问我。"不是的。"我用语言波回答。所谓的语言波，就是把发现"先生"并想到与屏障的关系时想起的语言，不是用音波而是直接传递到神经上，就是与全息摄影的幽灵交流信息时使用过的那种方法。如果是勒芙斯一个人，语言波就可以用手背上一滴汗那样的集束传输出去。勒芙斯是个只会说片言只语的日语的法国人，我是稍稍会讲一些英语的日本人，所以也许更容易用语言波进行交流。比如，如果是阿布德尔，就难以传输了，对牛、蝙蝠、螳螂、海胆更无法传输。刚吃完饭就看见自己参与杀害的、满是血迹的鬼魂，这样的情景光想想就会魂飞魄散。但是，那是想象出来的，所以会感到恐怖，一旦实际出现了，它就会从想象变成具体的对策。比如"先生"，从它的表情和举止上马上就可以看出它没有任何力量。它只是纠缠着想让我感到害怕，想要得到精神上的发泄。可是，怎么做才能把它赶走呢？

勒芙斯将送薄荷茶来的侍者喊住说着什么。他们是用巴黎口音的法语和丹吉尔口音的法语进行交流，所以我听不懂他们说话的内容，好像是勒芙斯在问什么，侍者在回答她。侍者离去后，勒芙斯对我说：我知道了。她把与侍者的对话用日本话和简单的英语夹在一起翻译给我听："我问他，在摩洛哥北部，没有受到、某个村子、或部落的、邀请的人、如果、迷路的话、该怎么办？那个侍者，出生在、梅克纳斯以西的、沙漠里，他告诉我、一个好办法，迷路的游牧民、情愿拼出性命、想得到水和食物、所以如果被人赶走、就要以情愿去死这样的想法赖着不走，要赶走他就非常困难，大家都一起咒骂、扔石块、割舌头、砍手，但还是赶不走，最简单的就是杀人，但没有偷水偷食物之类明显的犯罪行为，沙漠里的居民是不杀人的，因此公认最好的方法就是用什么办法恐吓入侵者。"应该赶走的那个人死了。死人怎么做才会让他感到害怕呢？

我们把阿布德尔喊来，夜里开着汽车出去兜风。勒芙斯吩咐他去海岸。"先生"踉踉跄跄地跟着来了，它紧紧地贴在梅赛德斯-奔驰汽车的后窗玻璃上，像鲤鱼旗那样随风飘扬着，怎么也不肯离开。阿布德尔是个个子高大却小心翼翼的守旧男子，所以屏障原本就很弱，大概是感觉到了隔着一层玻璃的"先生"的气息，他不停地摩挲着肩膀和手臂，说"黑夜很令人讨厌"。

直布罗陀海峡披着一层朦胧的月光，对岸马拉加的灯光微弱得和星星差不多。设在海角顶端的露天咖啡屋已经关门，有三对无处可去的摩洛哥恋人、一个弹着吉他哼着歌的老人，还有一个带着灰色狗的年轻男人，他们都倚靠在看得到大海那一侧的铁栏杆上。阿布德尔不想出去，便留在车内。我和勒芙斯在恋人们的注目下加入到他们的行列，倚靠在已经关闭的咖啡屋的铁栏杆上。"先生"浑身泥血，害羞地也想走进咖啡屋。狗暴跳如雷，吼叫着要朝"先生"扑去，将链条绷得紧紧的。但是，那种类型的攻击是无法将"先生"赶走的。之后那条灰色的狗还在不停地吼叫，狗的主人因顾忌到大家，只好离开了咖啡屋。也许是因为被狗破坏了气氛，两对恋人也骑着有气无力的摩托车朝市区的方向回去了。剩下的是弹吉他的老人和三对恋人中最漂亮的一对，男人长得酷似奥玛·沙里夫[1]，勒芙斯后来对我说，久久地看着他的面貌和接吻的样子，她便湿润了。女人是西班牙混血种，个子瘦小，长着一对猫一般的眼睛。弹吉他的老人也是西班牙人，用一把粗糙的、漆已开始剥落的吉他，用听在耳朵里几乎是呻吟般的声音，不断地吟唱着古老的吉卜赛歌曲。"奥玛·沙里夫"和猫眼美少女，吉他那忧伤的音色，像柔软的白布一样覆盖着海面的月光，满天的星星，不知从什么地方借着风儿送来的甜美的香味：舞台效果完全超出了我们的想象。因为没有想到还会有别人，所以我们打算由我和勒芙斯来扮演吉他手和恋人们的角色。死人最感吃惊的事，就是无意中忽然发现死后得不到任何好处。听说沙漠里的部落民迷惑入侵者，就是全体人员突然之间戴上假面具，叫嚷着莫名其妙的语言，令入侵者大惊失色。在勒芙斯的催促下，我用语言波开始表演。

　　重要的是所有的一切都要在一瞬间发生。要将所有人的激情

1　埃及裔美国影星（1932—2015）。主演有《日瓦戈医生》《阿拉伯的劳伦斯》等电影。

同时提升到极限，又不降低我自己的能量，教科书就是那个黄昏和夜里的诵经声。仅仅把波形图传输给各个声部并给音乐、恋人们、舞女、海面上的月亮施加现实感是不够的，这只能成为影像。靠影像，鬼魂是不会感到诧异的。因此，这不是靠补充气味和质感就万事大吉的，靠戏剧性也不行，而是吓唬外来入侵者的假面具和无可名状的惨叫声之类的东西，是某种呈锯齿状的金属性的东西。我先把语言波投射到吉他手的身上，让他用吉他奏出自己获得新生的歌，他回忆起肯定是他出生地的西班牙乡村里那白色的房屋，和应该在阳台窗边的三叶草，还有始终雾气氤氲的海角顶端那十四世纪的炮台上笼罩着的神秘，少年时代看见穿丧服的贵妇人时产生的恶作剧念头，对了，老吉他手借着那六根生锈的琴弦，还唱出了第一次性体验时的稚气十足的曲调。对"奥玛·沙里夫"和猫眼美少女，我释放出地狱之火接吻的语言波。地狱之火的接吻，是以从勒芙斯那里听来的片断为基础而创造的特殊概念。勒芙斯好像也是听其他什么人说的，据说在艾滋病出现之前的良好时代里，纽约有家俱乐部里集中着整个东海岸的变态狂。据说那里有圆形的吧台，用于跳舞和游戏的地板，设有水床的狂欢室，大得异常的洗手间里排列着好几个浴池，用丙烯材料隔开的、有两个榻榻米那么大的五六间小房间。某天夜里，客人们表示出异样的兴奋或伸长着脖子，或骑在别人的肩上，或找来垫脚

伊维萨

的东西站上去，都想看见小房间里正在发生的事情。在那个两榻榻米大的房间里，二十世纪五十年代那种平头发型和马尾辫发型的情侣正害羞地接着吻。这事在"地狱之火"众多的插曲中作为最具有性的本质的东西而闻名。这对牧歌般的情侣在接受《滚石》杂志的采访时承认在"地狱之火"里的接吻是初吻，这更引起了人们的议论。我就是受到了这段故事的启发。颤颤瑟瑟地初吻的少年更接近性的本质，不能用禁欲主义激发兴奋来衡量他们，因为所有的欲望都是社会性的。我将神经细胞的颤瑟传输到"奥玛·沙里夫"和猫眼美少女的胸膛的各个角落里，让他们把头脑搅得迷迷糊糊，然后移到接吻的准备上。他们开始从全身的分泌腺里散发出连头顶上的月亮都会惊诧而不自在的气味和气氛。这种气味和气氛同时刺激着物种的保存本能和对死亡的诱惑，又能够应对社会性的欲望。对鬼魂而言，无论怎么思考都只有社会性。无论是进化论还是反进化论，我都从来没有听说过鬼魂有物种保存本能。我将能够成为概念性舞女的指导手册作为语言波向勒芙斯的大脑进行发射。那也不是日本舞蹈或巴厘舞蹈等东方的概念，而是与比利时以北的黑魔术有关的、光靠手指的动作和眼神来进行表演的东西。光靠眼神、肩膀、指尖的微乎其微的动作，勒芙斯就表现出一副等待着"奥玛·沙里夫"和猫眼美少女接吻的、充满着肉欲的、湿淋淋的法国女郎的神态。我与其说是在演出，不如说更像是在指挥。正如卢契诺·维斯康提说的"任何表演都不可能超越指挥"那样，这对鬼魂尤其有效果。感觉就像定音鼓在持续地发出低沉的滚动声，吉他手、勒芙斯、"奥玛·沙里夫"和猫眼美少女都等待着我发出的暗号，就好像在专注地等待着火山喷发或铜管乐器的爆发，我则等待着俯瞰马拉加的丹吉尔海角上早晚会产生的突如其来的旋风。不久，来自海上的温暾暾的风变成从覆盖着沙漠的内陆刮来的阴冷的风，能在热带大草原的树上构筑的鸟巢里看到的松塔开始"沙哇沙哇沙哇沙哇"地发出类似于精神分裂症的强迫症状将要发作的征兆声，海面上的月光带到处被撕碎着，终于刮来了活人的皮肤才能感知到的、如同沙特阿拉伯利雅得的希尔顿饭店只有一套房间里留下的空调发出的风。我将最后的意志之波送向周围百米远的地方，吉他手像第一次接触弦乐器的少年那样沉闷地反复弹奏琶音和弦，勒芙斯则将微微而快速地颤抖着的红色指甲放到半张开的嘴唇边，抖得指甲油眼看就会一块块地剥落下来，这神态表示等待着恋人们接吻的人下半身的狂乱。没想到就在这时，"奥玛·沙里夫"和猫眼美少女的嘴唇相互接触在一起，美少女的牙齿因为过分的兴奋和情欲竟然发出"咯咯"的声响，呈现出令所有雄性觉醒的外激素的动向，那样的接吻好像是从所有的汗腺里吹出有气味的汗水似的令人发怵。同时，我以不惜令口腔干燥一半的凝神状态，作为质量和信息量将"消失"这个语言波像东京都的电话账单那样朝着"先生"的鬼魂那半透明的脑袋砸去。"先生"的鬼魂脑袋尽管及不上海绵，但还是受到了令人觉得可怜的冲击，消失在黑暗的远方不见了踪影，又在那里传来像隆冬里的苍蝇一样的信号，说它那破布似的身影再也不会出现在我们的面前。那个信号还带着情节，我在回家的汽车里告诉了勒芙斯。她非常欢迎那种哀惋的故事。在"其实我是出生在一个复杂而令人伤心的家庭里"的开场白之后，"先生"开始讲述忧伤的故事。那个故事一开讲，勒芙斯就出声地笑了。"先生"常常中断，慎重地选择用词，讲的是自己的悲伤身世，主题始终与父母对他的爱有关，而且一旦涉及具体的记述，他就竭力不流于鄙俗，从半途起竟然成了吟诗。是的，自己真正醒悟的时候，他身上已经失去了力量，当获得力量的时候，一切都已经为时过晚了。

那时在我的眼里，

最初映现出来、至今仍不能忘怀的，

是巨大的、黏糊糊的、笼罩着城市的红色太阳。

太阳偷偷潜入我那微暗的客厅里的榻榻米的接缝。

请告诉我什么是幸福，

什么不是幸福。

这种事情，

我不愿意让别人来告诉我。

我的母亲不喜欢自己被人称作妈妈，

知道这件事的原因时的

我的惊讶，还有更加毫无关联的美丽夕阳，街上急匆匆赶路的人们，电视里预报天气的响亮嗓音。

一天，父亲用只有剪影的身影，

假惺惺地反复辩解着，

来探望我和母亲。

我视如生命的狗吼叫着，令人感到特别奇怪的是，我想杀了那条狗。

如果被称作父亲的人帮我杀了那条狗，我觉得那更是求之不得。

可是，那条狗活到了十四岁，

还将那些极珍贵的东西教给了我，狗死了以后，我不知道喃语了有几百遍。

野狗

野狗

野狗

野狗

野狗

伊维萨

我活着一边憎恨世界，一边却渴望过上像快速滑行车那样有速度的生活。

一切都是狗教我的。

快速滑行车和超人，语感有某些相似。

狗教给我什么呢？

那是某种境界和连续的谎话。

狗会对着那个只有剪影的人影狂吠，我却做不到这一点，

我生活着的地方充满虚伪吗？

还是，狗是无知的？

"先生"的告白诗十分冗长，它喋喋不休地说着，我们到达饭店时都已经累得精疲力竭。我将"先生"的诗收进脑部，它以将我的脑部瞬间冷冻起来的形式保存着。我想在旅途中正好可以读读它。

*

我们在饭店的游泳池里过了两天。早晨睡到很晚才醒来，裹着浴衣去游泳池打个瞌睡或读读书，只在身体要冷却时才下水游泳。第一天的午餐是在内院里吃肉丸子做的煲，第二天因为嫌麻烦，便让人将三明治送到折叠式帆布躺椅边，就这样一直过到太阳落下。这样的休闲，以前曾经听说过，也亲眼看到过别人如此悠闲，但自己亲身体验还是第一次。这样的时候，勒芙斯毫不在

乎周围的动静。她把侍者看作是物品。她不是语言粗鲁，而是与个体性、人格相比，她更把对方当作"侍者"这一普通的生物来对待，如果有必要，无论拉屎还是撒尿，勒芙斯都会心安理得地当着侍者的面去做。普通的生物比如蚂蚁或蝉都是一样的，不会产生害羞的感觉。侍者们也喜欢被当作物品看待，因为他们会感到快乐。我也陪着勒芙斯一直待在游泳池边，但我每隔一小时就仔细察看自己渐渐变红变黑的皮肤，我想这就是本质的差别。我觉得勒芙斯那干燥白嫩的皮肤上好像另外还覆盖着一层什么东西，如果断言说是阶级或宗教，那就无话可说了，但那当然不是因为勒芙斯出生于贵族家庭的缘故。侍者们也有那样的东西。我如果有那样的一种皮肤，大概我就不会站在新宿的小巷里了，也不会去猕猴桃园与庭院连在一起的医院。那种皮肤会阻隔他人的视线即自我意识。待在猕猴桃园里的人几乎都是因为他人的目光才患病的。对勒芙斯来说，她也有"他人"，但因为阶级的作用，它被限制在极小的范围内。如果再加上基督教，"他人"的绝对数就会进一步减少。我们在人们通常说的世间、地域社会、同事的圈子里十分醒目，于是就要逃进疾病里去，但勒芙斯她们大概很少遇到那样的事吧？她们不会因为和特定的"他人"（包括绝对"他人"在内）之间的默契被打破而患病吧？在日本为什么越来越难以寻觅到阶级，是在半途消亡了吗？若是从我的体验来说，自闭就是因为阶级消失才引起的。不用说，那一领域里肯定存在着统治者。而且统治者不一定就是幸福的。当然，幸福不是什么生命的目标。无论是什么样的团体还是个人，向导都不可能把他们引向幸福。

阿布德尔驾驶的奔驰朝着卡萨布兰卡驶去。在摩洛哥，出租车在进出各自城市的边境时必须到警察那里去领取许可证。阿布德尔拿着我和勒芙斯的护照，弯着他那高大的躯体，做出一副卑躬屈膝的样子，站在用制服和长筒靴巩固身份的警察执勤的地方。警察身上有着一种残忍的气氛，我迷上了那种气氛。一名络腮胡子、眼睛牙齿又黄又混浊的警察用手指示意我们打开车窗，然后朝车里窥探，制服的腋下部汗水淋漓，散发着羊肉的气味。他向勒芙斯问了什么，勒芙斯微笑着回答时还带着优雅的动作。羊肉味的男人用我也能听得懂的法语说了句"祝你旅途愉快"。我不是对这个男人本身，而是对他身上散发的体味产生了久违了的情欲。我是对渗透在他制服上、长筒靴里和身体上的残虐的遗痕产生了情欲。虽然在蓝色海岸约翰斯顿的别墅里吸食可卡因时和在赌场里与幽灵见面时，我也情欲顿起，兴奋得甚至想撕碎自己的身体，但现在我感觉到的情欲与那时有本质的不同。我想去残留着本质性残虐的地方看看。那里当然还可能保留着成形的阶级吧，还会有很多被当作物品对待的人吧。这与纳粹德国不同，那里的人们被当作物品处理会觉得很快乐。这不是老太婆过横道线时被什么人牵着手时感觉到的快乐，也不是狗、猪、马的快乐，而是这样一种快乐：被当作物品的人没有必要关闭或打开与他人的关系。阿布德尔得到许可证后沿着通往卡萨布兰卡的国道行驶时，我把这种感觉告诉了勒芙斯。勒芙斯对我说："摩洛哥的城市是旅游胜地，所以还潜伏着各种残忍的影子，层出不穷。在沙漠的更深处，其他国家，比如眼看要发生内乱的国家、已经在发生内乱的国家、饥饿的国家、贫富两极极端分化的国家，那样的地方难道你不认为是很色情的？你那种想法很危险，不像是你真知子。"勒芙斯接着又补充说，"我认为你是一个深谙性幻想与性现实之间的差别的人，不料你却不了解非洲的现实，我有个朋友在尼日利亚和马里，有人要抢他的美元现钞，他想抵抗，结果被捕了。至今去向不明。有个熟人去乌干达被捕了，因为家里有很多钱，所以家人筹了一笔巨款把他赎出来，但两只脚已被砍掉。"然而，我觉得不了解的还是勒芙斯。我不想被砍掉脚。在为了十美元必须砍掉脚的世界里，有某种东西应该是清楚的。也许是让人清楚的一方有错，那么其他的什么地方有不暧昧的东西吗？这一点我不知道。如果去那样的地方，大概就不会产生想撕碎身体一般的、暧昧的情欲吧？向导不是也必须憎恨暧昧的情欲吗？

伊维萨

从车窗里眺望到的景色没有任何变化，始终是羊群、村落、红土的盆地、橄榄园。勒芙斯感到无聊，想听听"先生"的鬼魂留下的诗。我将记忆诗的部位解冻，告诉了她。

没有正义。这个认识是我战斗的开始

令我感到神奇的是，要习惯它

竟比第一次跳进游泳池还要容易

路上

涌动着罪恶的种子

竟比电线杆还要多

我将它们一颗颗捡起

从种子身上散发出各种各样的香水味道。

"他是、私生儿吧。"勒芙斯插嘴道。我拒绝作出解释，因为思绪会被打断的。"先生"埋在我体内的语言很脆弱，他的语言经过郑重选择，已经定型，所以到我发掘出来时眼看就要碎了。我还是第一次处理如此脆弱的语言。

过来

没什么值得可怕的

真的

不要害怕我

蝴蝶和小鸟们呀

你们知道苦味的真实

因为你们是这世上极少数被选中的东西。

"棒极了！"勒芙斯笑开了怀。她说，如此陈腐的诗，无论去哪里都不可能找到，如果感到无聊，就把那个鬼魂喊来，也请其他陈腐的鬼魂朋友们一起来吟诗。但是，我却觉得这比去那些动不动就砍断脚的国家更危险。

＊

丹吉尔的明萨夫大饭店还保留着旧世界的游客们的面影，但卡萨布兰卡的希尔顿却是任何旅游胜地都有的、没有阶级气息的华丽宾馆。在游泳池边待了两天，身体得到充分的保养，吸食可卡因的量也很谨慎，我们变成了二十多岁的健康姑娘，勒芙斯办理了住宿手续后，提出想做做体育运动。

卡萨布兰卡希尔顿饭店里设有温水游泳池和软式墙网球，一名教练兼巡视员的小个子男人是北非人，穿着锐步室内运动鞋和银色底子黑色水珠花纹的有氧健身运动衣。我在游泳池里游了两三个来回以后，去看小个子男人和勒芙斯的软式墙网球比赛。这是我第二次看到这个叫作软式墙网球的体育运动。第一次是在西新宿高层大楼的体育俱乐部，当时是和正交往着的服装设计师一起去的。我以前不喜欢运动或体育，从娘胎里就不喜欢。当然我不可能有娘胎里的记忆，只是我至今都不喜欢摇摆身体，所以我认定一定是从在羊水里的时候起就不喜欢了。服装设计师是个面容扁平的英俊男子，眼睛高度近视。据说，他在遇到隐形眼镜这个东西之前从来没看到过自己不戴眼镜的相貌，对自己的肉体全无兴趣，但有了隐形眼镜以后，他改变了想法，开始锻炼身体。在那个体育俱乐部里当然是没有阶级的，所以他穿着白得简直像某种病人穿的"囚衣"似的运动衣，在类似于鼹鼠运动台的机器上和工薪男或女白领做着田间拔草一样的运动。服装设计师这样对我说："这项体育运动吧，听说是在美国兴起的，最早用于监狱里的囚犯，不过我宁可认为是作为豪华客船上的娱乐而兴起的。"我在球场后上方的阁楼休息室里眺望着服装设计师打软式墙网球，当时是什么样的心情，我已经想不起来了。回想起来时间还不到一年，为什么就想不起来了呢？是因为我变成了另外一个人？小时候读过的书里说，如果我们的细胞每天都在更新，那么人类就是在不断地变成另外一具肉体。我还听说毒品中毒后再恢复过来，细胞就得全部更新。我有这样的感觉，觉得自己恐怕不会变成另外一个人……我一边这么想着，一边看着勒芙斯滚落在球场上的汗珠和小个子男人身上教练运动衣那水珠花纹奇妙地跳跃着重叠在一起，这时，我涌出了一股渴望得到进化的欲望，那种欲望异常强烈，令我全身的细胞都发出"沙沙沙"的响声，我如果是个婴儿，也许就会大声哭喊出来。我所有的皮肤都在微微颤动，简直像用刀把它割裂开来似的，我怎么也无法制止这颤动。这和在蒙特卡洛与幽灵会见、可卡因吸食过量时相似，但我没有为止住颤抖而试图往身体里引入什么。我对勒芙斯什么都没有说，便走出健身房，穿过冒出热气的游泳池边，时已黄昏，我在卡萨布兰卡希尔顿饭店内院角落那贴着花砖的石椅子上躺下。太阳西沉，风也很冷，石椅子上更阴冷，但还是不能冷却我皮肤的热量。某个鱼群感觉到物种保存的危机而从沼泽地或大海向湿地（如泥炭地）移动时，大概需要向导吧？我想起那个蒙特卡洛的幽灵也想对我说，向导只是在那样的状况里才有意义。我连学习都不会，各种各样的角色为什么会落到我的身上呢？在来巴黎之前，我唯一凭意志做过的一件事，就是持续注视着铬锅里的水从沸腾到蒸发掉的全过程。我会持续注视长达几百个小时。只有这件事是我出生后第一次决定要自己做的。我不相信光靠这一点，那个全息摄影的伟大的幽灵就会选择我。何况另一件重要的事是，无论那个幽灵，还是在我身上发生的各种特殊能力，我都不是完全相信。幽灵也许是一种幻觉，但我没有办法对此进行证实。然而，假设那个幻觉是一种美丽的幻觉，身体好像也不是单薄寒冷的，而是浓密的，比以前遇到的任何东西都更浓密，我自己也在进化着，那么以后要为其他进化者当向导，我该做些什么呢？我印象中的进化不是内在性的东西，所以也无法变成宗教性的。我想我宁可当个外科医生，改变身体上某个我还不知道是哪里的、需要切除的部位。这必须具备拼死接受几十次外科手术的精气神。温水游泳池热气蒸腾，看得见勒芙斯在热气的背后。她大概是在找我，我朝她叫喊起来：勒芙斯，我在这里呀！当然我没有出声。我像狼烟似的向她发送单一的语言波。于是，游泳池里的热气像摩西劈开的大海那样晃动着，勒芙斯朝我这边挥手。我在让自己的身体凉一凉，我在思考着重要的事情，结果身体热起来了，你不要担心，尽管回去打软式墙网球吧——我这样一发送过去，勒芙斯便又挥手回应我。我记起了自己是以什么样的心情观看着服装设计师打软式墙网球的，是无聊、不悦、从属于某种精神性幻想的心情。那种从属感必须一扫而光。在新宿的小巷时，客人用浴衣的腰带或自己带来的绳索将我捆起来，想让我像幼儿似的哭泣，想看到我不顾羞耻向他们诉说性的欲求和快感。为什么那个国家里有众多只擅长那种事的男人呢？我可以理解他们是想得到虚幻的阶级，但那种事不可能有助于进化。当然，所谓的统治，并不是指那些事。不能企望什么连畸型都算不上的受虐感。是的，首先必须让它死灭的，是人人心中都有的变态欲望。受虐的鱼儿们肯定决不会想到要上岸，无论是什么样的生物，DNA 或原始物质中都没有变态欲望。受虐愿望产生在规则中，存在于社会里，而不是自己的肉体内。我也许可以成为虐待狂，因为我有着想要使其发生变化的意志，我也不能像恐怖分子那样小心翼翼，恐怖分子这些人只是等待着黑暗，偷偷摸摸地享受家庭团聚的火花，与进化扯不上关系。从来没有听说过什么恐怖主义的鱼儿，如果鱼儿中有恐怖分子，就不会诞生两栖类生物了吧。按核武器按钮的人怎么样呢？他们与恐怖分子很接近，但如果是因为精神发生障碍才去那么做，这不值一提。归根结底，重要的是意志。既不是为了自我牺牲也不是为了受虐愿望，而是为了纯粹的进化才按动核按钮的人，他们等不及几十万年的时间，如果是这样，那是有可能的。与鬼魂的交流又怎么样呢？勒芙斯以观看三流落语和脱衣舞取乐的感觉，想要召唤"先生"的鬼魂，但这毫无意义，恐怕更危险。因为要唤出鬼魂，我们就必须累得失去屏障。原本就与进化毫无关系、却与鱼的鬼魂进行交流的鱼儿们，我无法想象它们是怎么回事。如果是比目鱼或鲛鲽鱼，它们也许会做，但比目鱼和鲛鲽鱼对"上岸"这样的大事件，最终不是都不可能参与的吗？海豚和鲸也许具有与鬼魂交流的能力、自由排除屏障的能力，但它们的智力离某些部分的进化还很远，促进进化的不是智力，不是创造力，而是应该称之为逃亡能力之类的东西，是连续逃亡的能力，是心安理得地突破极限的能力，我觉得自己只有这种能力。我从石凳上跃起，跳入游泳池里。水有些混浊。镶在池壁的黄灯光晃动着灯光，引导着我去体会已经"上岸"的鱼儿们的心情。

停止呼吸……

我知道热气从水面上升起。感觉像在炽热的岩浆底部仰望着即将喷发的火山口。我的肺部受到压迫，但并不感觉特别痛苦。在空气的更换中，作为物种的全体鱼类将进化的气氛传递给我。它们并不是因为面临危机才抛弃了水。有魅力的鱼儿们喃语着告诉我说，它们不是为了逃避灭种才上岸的，而是因为厌倦了……一直栖息在水里感到很腻味，虽然上岸到泥炭地里，鳍和鳃会觉得很痛苦，但上岸以后有密林里树叶的沙沙作响和雷电闪鸣，听得见直线形地扑向水面的雨声，而抚摸着身体表面的风儿是最具有刺激性的。所以，它们哪怕全身流血也要爬上陆地，朝着无疑是热带的雨林爬去。我在快要昏迷前浮出水面，恍恍惚惚地、久久地在游泳池的水面上漂浮。在勒芙斯大汗淋漓地来喊我之前，我又听见了那金属般的诵经声。

晚餐之前，我们去了再现电影《卡萨布兰卡》中亨弗莱·鲍嘉的夜总会的酒吧。酒吧里，美国人旅游团占领着桌子，当我和勒芙斯盛装打扮出现在酒吧门口时，他们立即为我们腾出了两人合坐的沙发椅。勒芙斯穿着稍有光泽的紫色紧身小礼服，脚穿幻影花纹的长统袜，配以漆皮短靴。我穿着用尼龙细线编织吊带的、内衣似的品红色礼服，袒露着汗毛浓密的后背，脚穿银色高跟鞋。酒吧的室内装饰俗气之极，侍者的举止动作、螺丝起子鸡尾酒的味、正在播放着的歌曲《时光流逝》[1]、全都低俗得令人唉声叹气。以T恤衫和牛仔裤为基调、脖子上吊着日本照相机的美国男人吹着口哨，穿着花纹连衣裙或嵌有波形褶边的罩衫、皮肤上涂着乳脂白粉的美国女人露出金牙和牙龈笑得前仰后合。"真知子，我们做些什么吧。"勒芙斯对我说，"我不知为什么，对这样的场面总是不能忍受。"她用飞快的法语向我表达了这样的意思。"再做点什么呀！"她推了推我的手臂，当然是指使用语言波做点什么助兴的节目。经过两天的休整，又打过软式墙网球，淋浴过，体质是这几个月里最好。这家旅馆和酒吧、美国人，他们算什么？为什么会有这么一堆垃圾人？勒芙斯的身上渗透着"阶级"，所以头脑里想表示宽容，却对这种状况绝对无法容忍。"不要把它当回事。"我透过钢琴那懒散的旋律的隙缝间劝慰着勒芙斯。阻止进化的东西不可悉数，如果要将它们全部打倒，人类大概还来不及进化就会累垮了。

过了一会儿，勒芙斯莫名其妙地笑了起来："感觉到'先生'的气息啦！"她大概在美国人面前神经累得松松垮垮了吧？与鬼魂

---

1 *As Time Goes By*，电影《卡萨布兰卡》的主题歌。

伊维萨

9

亲密是危险的。我拉着她的手臂离开了酒吧。美国男人一起吹起了口哨。那些有义务搂抱皮肤上涂乳脂粉的女人的男人们，他们一定会齐声吹着口哨掩饰他们的沮丧。

晚餐和在丹吉尔时一样，是煲、蒸粗麦粉、肚皮舞。勒芙斯打软式墙网球打得累了，竟然睡得很熟。我将她留在床上，给自己仔细地化了妆，涂着浓浓的口红，穿着胸口开洞的缎子外套和紧身短裙、粉红色凉鞋，走出饭店。

饭店门口的侍者流露出诡秘的表情为我叫了一辆出租车。他大概以为我是来自东方的卖淫女吧？司机能听懂片言只语的英语。"Desert。"我对司机说要去沙漠，司机回答我说没有那样的地方，他说："卡萨布兰卡是海边的城市，去沙漠要行驶几百公里，还要翻越阿特拉斯山脉，你大概还没有睡醒吧？"我是想去见见沙漠里的狩猎族。我颇感失望，便改变了主意，对他说："去哪里都行，你只管开！"皮肤白皙的西班牙混血种司机蹙起了眉头，说："你说去哪里都行，我就不好办了。"他用当地话吐出了咒语般的语言，我听着好像是"你如果因为欲求不满而睡不着觉的话，可以自己用意大利萨拉米香肠捅捅屁眼"的意思。我不知道是不是真的是那样的意思。但是，听到那样的咒语，恼人的骚动苏醒了。那是在新宿的小巷里拉客时的心情改变了一种形式在我的体内显现出来。"体内"，这个词很牵强附会，却多么动听啊。众所周知，"体内"这样的东西无论在哪里寻找都不可能找到。就是将大脑和身体切开来也一目了然，只能看见脏器和血管、血液、淋巴球、神经纤维、细胞、蛋白分子、原子及其他。在接受某种有形事物的一瞬间，才会产生"体内"。简直就像塞尚描绘的水果一样，我靠着清晰的轮廓醒悟到有形的欲望。我的喉咙发黏得很厉害，吩咐司机随便找一家夜总会送我去。以城里人自居的司机抖动着胡子往窗外吐了一口痰，嘀嘀咕咕地说了句咒语："也可以让我把拳头插进你那个湿润润的地方去!"从车窗外涌进来的空气干燥而阴冷，而可能来自海上的、潮湿的热风则以一分钟一次的间隔抚摸着我的面颊和脖颈。

夜总会里铺着地毯，上面摆放着桌子，舞池的地板上铺设着丙烯树脂。夜总会里有两名不知道来自哪个国家的、结伴而来的男人，和几名在浅黑皮肤上披着薄纱的妓女，灯光昏暗得看不清地毯上的颜色，播放着麦当娜的曲子，旋转着反光球。两名结伴的男人穿着猎装，一副当地游手好闲者的模样，他们让侍者将粉红色的鸡尾酒送到我的桌子上，用英语问我"有大麻吗"时显得格外绅士。我笑着摇了摇头，他们便很干脆地回到自己的桌子边。一名妓女开始跳舞。看上去她还只有十五岁，从透明的罩衫里透出坚硬的乳房，乳头也很小，下颌的线条纤细得好像一碰就会破碎。男人们对少女没有表示出丝毫的兴趣，他们请后来走进夜总会的女人喝粉红色的鸡尾酒，那女人透出与白人混血的性感。我感觉到少女腋下的气味在传递过来。与煲里蒸过的羊肉或牛肉的气味一样。少女跳完一曲"麦当娜"，我向她招招手。女孩指着我说"日本人吧"，便在我的身边坐下。她的名字叫"卡迪娜"。我问她喝些什么，她想喝低糖可乐。我将一张离开巴黎后从来没有用过的二百法郎纸币塞进她的手里，也给她的姐妹们每人一百法郎，悄悄地吻了一下她的耳垂。我说"饭店"，卡迪娜便抚摸着我的黑发回答了一声"嗯"，然后拿了质地粗糙的开襟毛衣式套装和用有孔玻璃珠织成的手提包回来。我们走上夜总会的楼梯时，男人搂抱着与白人混血的女人的肩膀，对我们叫着"同性恋"，卡迪娜竖起中指作为回答。

我给饭店门口的侍者塞了一百法郎，偷偷地溜进房间，钻到勒芙斯的床上，让小麦色皮肤的少女坐在她的两腿之间。勒芙斯像嗅到氨水的德国警犬斗拳狗那样突然仰起头，睁开灰色的眼睛，摩挲着因吃米而光泽湿润的皮肤和因吃蒸粗麦粉而光滑干燥的皮肤，喃语着"同性恋"，颤动着牙齿大声笑了起来。我想将节奏再加快一些，便吸食了两挖耳勺的可卡因。"先生"的鬼魂在狙击着我们。我已经发现了，但卡迪娜没有注意到，又想再来点可卡因。勒芙斯说只有这些，便关上了陶制箱的箱盖，但卡迪娜并没有罢休，趁着勒芙斯去洗手间的间隙，她瞒着我用掉了剩下的可卡因。勒芙斯愤怒地打了她一巴掌，这个用了大约一克可卡因的十五岁少女扔下一句"要去告诉警察"的话就离开了房间。没了可卡因，旅馆的房间就如同北国雪夜的暖炉没了木柴一样。我一直到很晚还没有入睡，睡着了也不断做噩梦，醒来过好几次。

可卡因的药效还留在身体里，身上到处起了鸡皮疙瘩。这时，响起一阵剧烈的敲门声。我打开房门，门外站着饭店的经理和两名腋下留有汗迹的警察。他们一句话也不说就走进了房间。勒芙斯的目光落在陶制箱上，箱子里还留有一些粉末。高个子络腮胡子的警察用手指沾着粉末舔了舔，说："你们被逮捕了，把衣服穿好！"看得见"先生"在房间的角落里窃笑，另外还有两具看上去较幼稚的鬼魂，我来不及看清它们。

*

我是有生以来头一次被警察抓走。警察署在城市偏中心的地区，建筑物上贴着白色与褐色混合的瓷砖。我与勒芙斯一走进门就被分开了。勒芙斯搔了搔鼻子和鼻子下面湿透了的汗，没有表现出有多么害怕的样子。警察署里空调坏了，登上狭窄的楼梯时，汗水已经将罩衫贴在了皮肤上。两名警察从两边抓住我的双臂，他们的腋下和嘴里散发出各不相同的气味，是体味、薄荷味，还有烟味。走进一间石头小屋，他们让我坐在粗糙的木椅子上。警察们将薄荷茶泡在看上去几年都没洗过一次的厚玻璃杯，然后将我一个人留在房间里出去了。我想起一部可怕的电影，描写一名美国青年在土耳其机场偷带大麻时被逮捕了，受到拷打和囚犯之间的凌辱，比如被砍掉脚。伊斯兰的法律是怎么规定呢？大概是以眼还眼、以牙还牙，盗窃就被砍掉手臂，当间谍被挖掉眼睛。薄荷茶已经不冒热气了，窗户上有铁栏杆，窗玻璃外还有木窗框，这是为了遮挡那强烈得能够晒死蚂蚁的太阳，但狭窄的房间却因此而变得昏暗、充满霉味。薄荷茶完全冷却的时候，我想要小便，便试图打开房门，但房门打不开，我一边急促地敲门，一边飞快地叫喊着"对不起！""对不起！""对不起！""对不起！""对不起！"于是房门打开，出现一个长胡子穿警服的警察，满脸恼火的表情。我急切地说着"厕所""厕所""厕所"，胡须警察扑哧一声笑了。厕所就是水泥地上留个凹洼处或洞穴，横跨在那上面。四名警察跟着我到厕所里去。我一想到自己排泄时有人看着，那里就有些湿润了，但是他们压根儿就没有看我。

"很遗憾，你已经不可能再和你的朋友见面了。"

从领事馆赶来的小个子日本男人对我说道。一名打领带的警察坐在我的对面，小个子男人就坐在他的边上。小个子男人一进房间就先报出自己的名字，但我随即就把他的名字忘了，记得他的名字很像泻药之类的药名。

"那个陶制的箱子估计是你朋友的，我们从那个箱子里检查出法律禁止的药物。"

小个子男人一边不停擦汗，一边翻译着警察的话。看来他们没有找到大麻。勒芙斯抱怨过吸食大麻过量会让人发胖，所以也许是被她扔了。

"虽然数量很微小，但这是重罪，按照这个国家的法律，你要受到惩罚。这个国家的法律最低也要监禁十三年，另外还包括到偏远地区去劳动。你是来旅游的吗，黑泽真知子小姐？"

是的。我回答。

"和那个朋友，是在哪里认识的?"

巴黎。

"那么，你们是两个人一起来这里的吧。"

是的。

"那个毒品，是在哪里弄到的?"

不知道。我这么一说，翻译这句话的小个子男人和警察都流露出不悦的表情。小个子男人对警察说着什么，然后又把身体转向我。

"我来对你说吧，你如果以为这里是非洲而根本不把法律放在眼里，你就会倒大霉的呀！因为这个国家非常严厉，尤其是可卡因，有关旅游国家的尊严，是被严格取缔的。这里、马拉喀什、非斯，都不可能有这样的途径。如果有，就只有丹吉尔，我们知道你们是在丹吉尔弄到可卡因的。要不就是在巴黎或西班牙弄到后带到这里来的？说实话，嘿，数量很微小，把你赶出国境就完事了，可能还不会跟日本警方进行联系。这里的拘留所怎么也不是像你这样的女孩子可以忍受的。总之，你的朋友已经全招供了，你还是尽快招供来证明你的诚意吧。"

勒芙斯平时一直说她决不会供出在哪里、从什么人那里弄到的。如果供出毒贩的名字，就会在拘留所里一直关到那个毒贩被捕，还可能遭到毒贩同伙的报复。我问勒芙斯万一被抓住的话怎么办，勒芙斯教我说："你要一边哭着一边说：在拥杂的人群中有人凑上前来，问你要不要这个，你说不要，但对方硬塞到你的手里。这时不知道为什么，毒贩子忘了把袋子拿回去，就慌慌张张地溜到什么地方去了。你想把它扔掉，但好奇心驱使你想尝一点试试，但你还是觉得这不是好事，所以一直想要扔掉的。"我已经好久没有装哭了，能装得像吗？最重要的是接下去得尽量装作一副弱智的模样……我咬着嘴唇，终于挤出了一滴眼泪。

"我一直在一家公司里工作。我辞去那家公司后，用积攒的钱来了巴黎。在那里和勒芙斯认识的。"

开始坦白时，我全身的血液都往头顶上涌。我差点儿说出"我很寂寞"的话来，我用意志的力量硬使浮现在眼角的眼泪缩回眼睛里。我首先要修复正开始脱落的屏障，确认自己的体内还留有多大的力量。留下的力量自击退"先生"后还没有使用过，所以"扑哧扑哧"地要从毛孔里喷发出来。招供是最蠢的！我仿佛觉得这么喃语着，连这石造的建筑物都能吹走。

对向导来说，招供是最大的敌人，是障碍。

不能招供。

不能招供。

招供必定会导致"我很寂寞"。

但是，这里是警察署。光靠夺去这两个人的意识还无法逃走。必须采用与平时不同的方法。对了，就像让游客脱去外套那样去做。我不断深呼吸，积蓄起力量，将它转化为上帝赐予我的亲和力，持续地发射到两个男人大脑记忆沉睡区域的最后回忆部分。他们从体内的最深处被一种无上幸福的热量化解，头脑冷却到不能再冷却的地步。两人的瞳孔猛然打开，那个警察打开的速度很迟缓，小个子男人则对变化惊慌失措，马上赶去撒尿。靠撒尿是不可能摆脱语言波的。我凝神催促着那个警察，戒律非常严酷，但能分升的时候"啪"的一下就分开了，比无神论者还要快。

我是经历过宇宙诞生的向导的后裔。你接受到的刺激是所有生物都同样喜欢的，你用生命守护的体系是奈何不得我的。你应该驱赶的对象不都在这建筑物的外面吵吵嚷嚷吗？把我放到那里去！如果放了我，你的信仰也会向外得到舒展，只有那样，才能符合真主的意志。你明白吗？你懂吗？放松一下，将某种物理性的东西舒展一下，你自己也能得到摆脱……

那个警察不停地眨巴着眼睛，好像语言波没有完整地传输给他。是我的做法出错了？就像洲际导弹的操作手不懂得它的原理一样，我根本就不知道什么语言波的原理。"语言波"这个词是我随意杜撰出来的，只是原理理应和导弹一样。某个东西要靠推进力飞来飞去并击中某个目标才产生效力。以前在中国发明的火箭、带着火花的助推器和洲际弹道导弹，它们在概念上都是一样的。我体内的什么东西靠着某种推进力飞来飞去。推进力就是能量，是和声带的颤动一样的，问题的关键在于它是我体内的某种东西。它是什么东西？我也许永远都不会知道。是意志？是接近意志的东西？但即使是意志，也不是肉眼可以看到的，就像核弹头一样，是看不见的。我想也许是命中精度的问题。语言波是朝着哪里发射的呢？我不可能特地朝着某个目标，但我又觉得无意中仿佛是在注视着对方的中心部位，是额头的正中、双眉之间，或口中的扁桃腺深处，或最正中的牙齿，或脖子棱线之类的地方，但它在那个警察身上也许还没有产生效果。我思忖着，他接受信息的部位大概是在膝盖、腋下、脚底，我也许找不到它？想到这里，我先拿从厕所里回来的小个子日本男人作练习，我不用急着逃走，我应该估计到即使是这办公室里的人，产生效果也需要花些时间，我和勒芙斯都不会是牺牲品，而且最重要的是这不会伤人或置人于死地。我试着将微弱的波向小个子日本男人发射过去，就像机器警察和魔鬼终结者为了瞄准目标而发射激光射线一样。我知道那是从我眼睛紧上边的皱纹间隙处发射出来的。快把我放了，否则我就发送更庸俗的信息，就像二十世纪五十年代后半期在温泉地区出售的色情电影片段那样的内容。我将诸如此类的信息精确地射向对方的头部、腰部和股间，一瞬间就找到了他的受信部位。信息在他的前额叶触觉领域得到解读。我发现一个简单却重要的现象，那就是所有波动的传递动作都像热制导导弹那样，是在飞行中发生效果的。空对空导弹是探测敌机机械部发出的热源后追尾进行爆炸的。语言也是这样。法语对不懂法语的人来说只是没有丝毫意义的声音的排列。比如关于古典音乐，即使用当地的语言向一窍不通的巴布亚新几内亚人传授莫扎特音乐的美妙，信号也无法传输。就是说，作为信号的波要传输到对方的身上，就需要经常具备作为热制导导弹的热源。从信息和受信部位的关系来说，小个子日本男人具备某种像火力发电厂那样的热源，但警察办公室里没有那样的热源。即令人惊讶的是，他的身上别说"解脱"这个概念，就连支撑概念的"内部"这个东西都不存在。这样的男人为什么会当上什么警察呢？向没有"内部"的人传输由

"解脱"所产生的喜悦的信息，这就像在西伯利亚的雪原上发射热制导导弹一样。我担心语言波会被边上那个在愚笨肉团上贴着"性欲"标签的小个子男人吸收，弄得不好会改变方向朝我自己射来。"放了我吧，无限喜悦的波浪就会涌向你……"这样的信息，对那个警察来说有若粪土。

"他出生在哪里？"

我这么问小个子男人。我不是用那种"你觉得方便就告诉我"的问法，而是用"如果你不赶快告诉我我就杀了你"这种意思的语言波。领事馆的小个子男人"咯嗒"抖动了一下喉咙，用法语问了那个警察后，便忙不迭地回答我。

"在马拉喀什南侧约四百公里处的柏柏尔族的村子里，听说没有名字。"

我随意地猜想那里大概是沙漠的入口吧。巴黎、热那亚、丹吉尔、卡萨布兰卡，我一路走来，却根本没见过像样的沙漠。

风景。我试着喃语了一句。我反复喃语了几十遍。风景。直到"风景"这个音节没有任何的意义。

风景

风景

风景

风景

风景

风景

"风景"这个词在我的体内解体，直到像 NHK 那样不会再改变的时候，在我印象的角落里浮现出像是沙漠原型之类的东西。我像翻译一样同时将出现在映像角落里的东西传输给那个警察。我还不知道那是什么东西，就把映像角落里的东西扩大几倍传输过去。有反应了。他没有流露出喜悦和悲伤，肩膀也一动不动，但是他的全身作出了反应。这种类型的反应，我也是第一次遇见。不是某些东西即目光、下颌、指尖、肩膀的动作等作为信号回复过来，我不知道那是不是可以称之为"反应"。但是，他有回应了。我想再将沙漠原型似的东西采用到我的映像里。我有意识地去这么做，结果却失败得很惨。因为浮现在我眼睛里的只是某些陈腐的过程，比如远方有个无人天文台，一边是猕猴桃园的精神疗养院随着时间一起崩溃，细小的崩溃经过多次重复，最后一切都变成了沙粒——就是这种平凡的过程。如果将这样的画面传输出去，在柏柏尔族的村子里与沙暴一起长大的伊斯兰男子大概会忭怀大笑吧。这决不是过程。接着，我喃语起了"映像"。

映像

映像

映像

映像

映像

映像

映像

映像

不可思议的是，"映像"这个词不能与"印度象"混淆。"映像"不会受到解体。因为它的意义没有消失，所以我有些焦虑，马上着手去探明它的原因。风景和映像有什么不同？这两者应该比 NHK 和印度象更有距离感。我凝神思索着。由于我的凝神，调查室的玻璃产生了裂缝。我不知道事实上是不是因为我在思索的缘故。也许是什么人在背后的马路上投了一块石头。我凝聚起思绪，没有传输，那个警察轻轻地摇了摇头站起身来，去看有裂缝的窗玻璃。小个子日本男人对我的凝神害怕得脸色青紫，在我增大思绪的凝聚度时，他惊叫起来。我在报纸上看到过蹩脚的运动员常说所谓"凝神"就是排除杂念，但这是错误的。我只有杂念，所以是将它们凝合在一起提高密度。有三名警察跑进房间里，所以我趁凝神的间隙威胁小个子男人"如果不放我我就杀了你"，这小个子男人慌忙用日语，接着又用法语说："如果不放这个女人也许会出大事的。"三名摩洛哥警察见他那副慌张的神情大吃一惊，用快得听不清楚的速度问道："VIP? VIP? VIP?"小个子男人依然铁青着脸，好像嗓子眼里被挠破似的逼紧喉咙回答："嗯，嗯，嗯，嗯，嗯，嗯。"宛若喉咙里堵着粘糕的农村大爷。三名警察走出房间离去，小个子男人步履蹒跚地跟了出去。于是，我将在卡萨布兰卡的闹市区里扩散的杂念收集起来，使之产生核聚变，"啪嗒啪嗒"地驱除产生了裂缝的窗玻璃。一块碎玻璃碰到了那个警察。满是灰尘的玻璃从他手指上划过，皮肤被划破。他给我看那根手指的指腹。指纹清晰可辨的指腹上浅浅地、细细地浮现出因为逆光而只能显示为黑色的血。"我知道了！"我差点儿大声叫喊起来。沙漠不是过程，既没有结果也没有开始。我想，那个蒙特卡洛的幽灵说过的话，唯独在这个时候才会变得真实。幽灵说那地方只存在温度。我把那件事即幽灵告诉我的事传输给那个警察。他开始露出微笑。那是一种十年或二十年才会笑一次的微笑。而且，他一边舔着手指上的血，一边用傍晚那金属般的诵经声回答我：

到马拉喀什去……

*

勒芙斯没有被释放。我如果命令那个处于恐惧状态的小个子日本男人，要他释放勒芙斯，这是轻而易举的。但我希望自己能一个人独处。我当然不会多愁善感，我是希望能独自思考而不受他人的影响。不只是指勒芙斯，如果有某个熟悉的人待在我的身边，我就不可能去进行思考。我决定不坐出租车，而去坐挤满伊斯兰教徒的公共汽车。我一想到要乘坐公共汽车，某种东西便从体内脱离出来。仔细回想起来，我离开日本之后还没有乘坐过公共交通工具，平时总在出租车或带司机的高级轿车里受着保护。勒芙斯大概还从来没有乘坐过公共汽车。我离开警察署步行走向公共汽车的终点站。因为睡眠不足，再加上阳光强烈，我的脚步很虚弱。我用手指轻轻地梳理着头发，热浪像洗桑拿时一样迎面扑来，风不断地刮着，汗瞬间就干了。从汗腺里渗出来的汗水似乎还没有接触到 T 恤衫就已经干了，感觉很舒服。我的故乡在高山背后的盆地里，冬天里刮着砭骨的寒风，却很少下雪。然而，学校紧背后的小湖随着树木的枯萎一眨眼工夫就结冰了。有人亲眼看见过湖水结冰时的情景吗？据父亲告诉我，湖面结冰时，像薄膜似的冰从岸边聚向湖的中心，但我却从来没有亲眼看见过。也许是因为湖泊小的原因吧，结冰时一夜之间就会被冰层覆盖。粒子细微的风从铝制窗框那微乎其微的隙缝里钻进来，在这样的夜里，湖面就会失去轻漾的微波。我在孩提时从没见到过大海，而且觉得那湖泊很大，所以想不到它竟然会结冰，觉得非常神秘。我只看到过结在水洼里的冰到下午就融化了，感觉很神秘，是什么样的力量能使湖水结冰呢？关于这一点，我记得父亲告诉过我好几次。当时我还不能理解它的意思。语言这个东西真是奇特得很，兴许是父亲的词汇极其贫乏的缘故吧，父亲对我说的话，我已经丝毫回想不起来，然而大概的意思却在我的脑海里苏醒过来。父亲对我说，就连大海都会结冰。任何东西都会结冰。不仅仅是液体，就连气体都会结冰。这和世上没有不会燃烧的东西一样，这世上原本就没有不结冰的东西。燃烧和结冰，这都是由温度来决定的，温度这个东西，不用说就是能量。形态的变化就是靠着能量的相互干涉才产生的，因此人常常不得不进行想象，比如有时巨大的火焰一瞬间会被冻住，有时甚至比大楼高大几万倍的冰山一眨眼工夫会燃烧起来，这样的印象不能没有……于是，雪有时会落在结冰的小湖上。雪落下来时就好像悄悄地贴在靠着某种力量变形的、受虐狂的湖面上。记得是读中学一年级的时候，那时雪是很少见的，所以我记得很清楚。雪好像是爱抚、安慰着结冰的湖泊。湖如果有神经的话，一定会兴奋得颤抖吧。自己被强烈的阳光晒得全身冒汗，一瞬间又被风吹干。我觉得那汗水就像落在湖面上的雪一样。我一边觉得消失的汗水非常温馨，一边在想那个警察。我与他之间最后形成了什么样的交流呢？我怎么也摆脱不了语言波没有传输过去的感觉，但某种东西传输过去了。我的确将温度传过去了。在只有温度存在的地方，如果一切都从属于温度，温度将作为唯一的物质君临世界……终点站在城市的偏僻处，售票处边上有一家门庭若市的咖啡屋，我决定在那里休

伊维萨

息。我记得听什么人提起过，说在干燥而酷暑的地方，汗水一瞬间就会消失，在不知不觉中疲劳往往就会突然陷入脱水状态。是勒芙斯吗？事到如今这已经无关紧了。去马拉喀什的车票上跳跃着阿拉伯文字，让人看着觉得很悦目。我是第一次发现阿拉伯文字有些像音符。我拿着车票走进咖啡屋，要了一杯薄荷茶。喝着甜甜的薄荷茶，我突然觉得肚子饿极了。即使有菜单我也看不明白，所以我说了句"煲"，于是便端来了旅馆里没有的那种朴素的餐具。我掀起盖子，里面放着撕得很细的干肉和两只蒸得半熟的鸡蛋，肉好像被干燥过一次，上面撒着盐，一口咬下去满嘴都溢出唾液。如果在东京吃这样的东西，马上就会有什么地方吃出病来，而这里是还没有感觉到就已经流了大量汗水的北非。我要面包，服务员便送来了涂满蜂蜜的像英国松饼似的饼。强烈的甜味和咸味使我的舌头都发麻了，胸膛里一阵心悸。日本老人如果吃这样的东西，也许只消几天就会毙命。想到这里，我兴奋起来。从现在起我就要去旅行，去必须靠这样的食物生活的腹地去。我的身上大概也会散发出体臭吧？听说公共汽车十一点钟出发。吃完极咸的肉和极甜的面包，再添了杯薄荷茶以后，我又思考起与那个警察之间交流信息的事。信息是怎么传递的？我将影像当作起点制作了信息，当然它不会作为影像进行传输，要靠影像来捕捉信息是不可能的，却有可能只映出温度，而且除了影像之外，就连"映现"都不可能做到，唯独存在着温度的那个场所，是无法用影像来表现出来的。所以影像不是表现而是停留在记录上。我以记录为基础想象着那个记录回到"无"，不是回到"无"的过程，而是在朝着"无"进行的概念中，我发现了沙漠原型之类的东西。那是我第一次感觉到的印象，与其他所有的东西明显不同。比如风会将石头变成沙，风会使湖水结冰，太阳会融化冰或黄油，草莓油酥饼会被大群蚂蚁嚼碎，河流会磨刷河岸，躲在山洞里的日本兵会被火焰喷射器烧掉，人体会变成灰飞散而去，菠萝和鱼腐烂后会破碎，寄生虫会吃掉内脏，与这些现象本质上不同的"消费"这个词浮现在我的头脑里，我打了个带肉味的饱嗝。

消费。

这恐怕是正确的答案。只能靠消费，才能产生唯有温度存在的地方。但是，是什么人来消费？邻桌上一个把脸隐藏在黑色面纱背后的女人拍了拍我的肩膀，指了指车票和停靠在我眼前的公共汽车。十一点还差十五分，但公共汽车也许已经要出发了。我已经将"先生"买给我的沉重的大皮箱扔掉了，换成轻巧的塑料箱，但就连这个箱子我都决定放弃。行李就是用来丢弃的。公共汽车不是那种在电影或电视里经常看到的挤满难民、车身上到处都是锈迹和破洞的充满着传奇色彩的汽车，是虽然还没有空调却装着黑糊糊的玻璃窗以遮蔽阳光的、清洁的奶油色沃尔沃汽车。

车上挤满乘客，我的邻座是个提着装有小白鸽的鸟笼的少年。"你好。"我们用法语打了声招呼。"是什么人来消费？"我望着身后扬起的沙尘，再次这么喃语道，这时头脑里响起了诵经声，某种轮廓在我的脑海里浮现出来，我冒出了鸡皮疙瘩。"真主，真主。"我不停地这么喃语着，开始了走向沙漠的旅行。

我在脑海里想象这是一次残酷的旅行，但公共汽车是现代性的。原来我还在头脑里想象着到了某个地方时，也许沙尘暴会从窗玻璃那微乎其微的隙缝间刮进来，或受到大群苍蝇或其他小虫的袭击，或汽车内因没有一滴水而到处出现争夺水筒刀刃相向打架斗殴的场面，或不少人患上传染病口吐苦水死去，或遇上一群没有手或没有脚或没有耳朵或没有眼睛的人，但实际上压根儿就没有那样的事。乘客们都彬彬有礼，我边上带着白鸽的少年与我的手臂稍稍碰了一下，就会用法语轻声说"对不起"，并满脸通红，显得十分腼腆。公共汽车不会吐出黑烟，也不会将沙尘卷扬起来，因为道路是完全经过铺设的。我有好几次想问少年如何处理这四羽白鸽，但估计语言不通，只好作罢。少年有十二三岁，穿着奶白色棉布民族服装，和这个国家其他的孩子一样有一双硕大的眼睛和一对长长的眼睫毛。我还从来没有和孩子讲过话。当然，我说的"讲话"是指语言波。窗外的景色与从丹吉尔来卡萨布兰卡时没有太大的不同，低矮的树木就像冰箱里干涸的花椰菜一样。带着白鸽的少年用手指了指我的头说了句什么，我正纳闷他在对我说什么，一瞬间产生了强烈的晕眩，景色变得雪白，我眼看要昏厥过去。在白色的景色里，少年伸过那纤细得可怕的手指来触摸我的太阳穴。眼前恢复了色彩。是少年给我涂了某种香油似的东西。少年在为我涂香油之前指着我的头告诉我时，我抚摸了一下头发，头发表面已经热得快烧焦了。太阳透过窗玻璃直晒到我的头发上。上车还不到一个小时，道路就几乎是直线型了，所以太阳晒进车厢内的角度不可能改变。是光线变得强烈了。香油里好像混合着挥发性极高的物质，我叹了口气朝少年露出微笑，于是除了太阳穴，少年又轻轻地涂抹着我的脖颈。少年用手势示意我把窗关上。"为什么？这么热的天。"我不由用日语说道，但真的将车窗关上以后，我才知道少年是对的。和我坐在同一侧的乘客全都关着窗，在太阳下暴晒的风比体温还高。于是我又学着其他乘客的样将大手帕盖在头顶上，少年见状，便从放在自己脚边的篮子里取出蓝色的布让我盖上。"谢谢。"我用勒芙斯的发音道谢，大概这情景显得很温馨吧，周围的乘客都望着我和少年会意地笑了。"比体温还热。"我嘀咕着。一个风比体温、比自己的气息还要热的国家。这样的国家大概是由一种燃尽一切似的截然不同的秩序支配的。景色没有太大的变化，但太阳光却越来越强

伊维萨

烈。牛群、橄榄园、随处可见的山岩，都在烈炎下冒着游丝，成为一幅图画。宁可说，素描画或印象派画技之类的东西，在进入沙漠时的烈炎下完全失去了它们存在的意义。靠画技是无法描绘出"热"来的。我察觉到少年在直勾勾地注视着我。目光一交织，他便害羞地低下头。一位隔着通道坐在邻座上、抱着一大堆薄荷叶、脸部几乎被遮住的老人说了句什么，少年更是臊得面红耳赤。大概是嘲笑他"色迷迷"吧。我将"浪漫"这个概念传输给抱着鸽子的少年。这个词像粗制滥造的电视剧那样被翻译后，传递到少年的太阳穴上。少年的眼睛发出光来，他望着我歪起了脑袋。

夜晚

远处的灯光

湖泊或者大海

郁闷的音乐

朝思暮想，为之死也心甘的人

耳边响起的喃语

乘坐着座位还散发出崭新气息的汽车远游兜风

我试着将这些话集成一束作为概念发送给少年，但看来这位在阳光可以融化一切的国度里出生长大的少年是无法理解的。少年虽然是一副没有理解的模样，却表示出了兴趣。在汽车始发站时听说到马拉喀什大约需要五小时三十分钟，时间还绰绰有余。

车窗外的景色依然没有改变，阳光也没有减弱的迹象。我头顶上盖着少年给我的布，没有书，也没有随身听，也不想再去回忆往事。当然，我也没有能想象出马拉喀什或再远些的沙漠之类用于消磨时间的信息。在这样的时候，能帮我消磨时间的大概就是与坐在边上的当地人对话吧。

"这个地方我是第一次来，这里平时也是这么热吗？"

是啊，今天特别热。从沙漠里刮来的风，我们称为"西罗科风"，今天刮的就是西罗科风，所以这风一停止，热量也会稍稍减弱的。

"'西罗科'，大众汽车公司里有一种车型就叫这个名字啊。记得不就是乔治亚罗设计的吗？"

乔治亚罗是什么人？

"是个从口红到探月飞船，什么都可以设计出来的意大利人。"

难怪，真有那样的人吗？大众汽车我也知道。是世界上最受欢迎的汽车啊，记得是瑞士制造的吧？

"不是，是德国制造的。不过现在从巴西开始，世界各地都有它们的工厂。到马拉喀什还很远吗？"

不远，已经过了有一半了。如果能陶醉在这样的对话里，即使头顶上盖的是一块气味熏人的布，这样的旅途也算是一种很好的享受。我这么想着，发现少年一直在注视着我。他流露出一副

"刚才是什么呀"的眼神。我的语言波不能带来日常对话的快乐，也无法接收到对方思考的信息。就是说，那只是传递出信息，它还不包括"今天天气真好"之类的中性对话。传输过去的内容必须是超越对话的、锯齿形的状态，即必须刺激对方大脑里的受信区域。但是，我无论如何都想和抱鸽子的少年讲讲话。鸽子在鸟笼里不时地发出"咕咕"的叫声，四只鸽子放在一起不可能将它们隔离开来，但它们根本不会吵架，还默默地忍受着汽车的噪音和微微的震动。鸽子们在少年的膝盖上显得极其安详。我望着渐渐倾斜下去的太阳，一直在思考怎么才能和少年对话。从卡萨布兰卡到马拉喀什之间没有像日本那样需要停靠的车站，每隔十公里左右有一个小村落，总有几个人聚在一起等着公共汽车，在加油站里也有人等着。因为汽车内基本上处于饱和状态，所以司机拒绝他们上车，但也有人经过交涉后挤上了车。有的人也许是用贿赂，塞小费给司机，有的人是在附近不远处的停车场就要下车的，还有就是警察。这个地方警察好歹是有特权的。以前日本大概也是这样的吧？已经有两个警察乘在汽车上了，他们不付车钱，其中一个为了坐上座位，让一名抱着沉重的大纸箱的中年妇女从座位上站起来。这个国家的警察恐怕在传统上就是让人害怕的。用黑色面纱遮着脸的中年妇女和坐在座位上傲慢地伸着双腿抽烟的胖警察都若无其事，显得很自然，所以我没有感到丝毫的义愤。

但是，从有着几百头山羊的村落里挤上车来的警察扫视着车内，目光落在从前排数起第六排的我的身上，抖动着胡子笑起来，命令我边上的少年站起身来。这是个丑男人，一只眼睛是假眼，濡湿的制服腋下散发着烂肉味，手上有烧伤的疤痕，面颊像熟透裂开的橘子那样裂纹累累，还结着痂。我在这警察抢占少年座位前的一瞬间想象出性爱的场景。少年先向警察的脸上吐唾沫，但他手上没有任何武器。他好像是这世上弱者的代表，此时公共汽车正好行驶在有腓尼基遗迹的中世纪城市里，腋下散发着烂肉味的警察用对讲机跟警察总队联络，少年被制服了。警察在这中世纪的城市里是拥有极大权力的统治者。少年被抓着头发从汽车上拽下去，我也被刺刀顶着赶下车。中世纪城市的中央竖有英雄桑给巴尔的铜像，广场上排列着锈迹斑斑的青铜大炮。傍晚时表示本世纪末的处决即将开始的诵经声在金色的天空里响起，我和少年被拉到广场的石阶上，当然最先遭到杀害的是那些洁白的鸽子，四羽鸽子一眨眼工夫就身首分离，白色的羽毛染得鲜红，被扔在野狗群里。很多人都没有听到过狗吃鸟时那奇妙的声音。鸟的细骨被咬碎时的声音与踏进森林里的脚步声很相似，与阳光照射不到的枯叶底下那潮湿的小枝被折断时的声音很相似。那声音具有让没有狩猎习惯的人看到狗嘴边沾着血、闻到血味也会兴奋起来的力量。接着少年要被砍头了。少年没有流出一滴眼泪，因为从

伊维萨

鸽子被杀的时候起，他就充满着仇恨。警察看到少年的目光里还没有失去力量，便没有马上砍掉他的头，而是按着手指、手腕、手肘、肩膀、脚踵、膝盖、大腿的顺序砍下来。因为即便疼痛不会夺走他的力量，出血也会抵消他的意志。我被逼着脱去衣服看少年被肢解的情景。当少年的身体变得像去越南的乔尼①那样时，他那抵抗的意志终于崩溃，眼神里流露出哀求。烂肉警察没有看漏这一点，他让我四肢着地趴在石头上，我的膝盖在石头上磨出了血，那血与少年的血、鸽子的血渐渐地混在一起难以分辨。我眼前看出去一片混浊，只有一股弥漫着的气味。我将这些影像像饭团一样聚成一团，向把手放在少年肩上的警察发射过去。传输到少年身上的只有那波的几百分之一。我反复发射了好几次，我的语言波不是植入映像，也不是传递故事，而是一瞬间将"概念"埋进去。鲜血、处决、歧视。警察感觉到了这些，我立即抓住少年的手，将"你只不过是一块烂肉"这个信息像激光一样射进警察大脑的最深处。警察尽管在众目睽睽之下一屁股坐在地上，但他没有发火，而是腼腆地笑着站起身来，用恐惧的目光望着我，再也不敢造次。这是个光比体温还热的国家，所以恐怖是绝对的，它的真正本质是什么，我也决不想去搞清楚。十分钟后，警察下了公共汽车。少年被埋植了一部分鸽子被杀、自己被处决等场面的概念，他瞪大着眼睛不知所措。大概是喉咙里辣得慌吧，他从篮子里取出水筒大口喝水，胸脯剧烈起伏。

我告诉他这就是浪漫。我告诉他的不是"浪漫"这个词，而是概念。少年完全理解了。而且，我们回到普通的对话，陶醉在如下的交流中。

"你理解吗？那事是非常激动的呀！"

我还以为白鸽是我的唯一，其实不是那样啊。

"知道根本就没有什么绝对的东西，这是第一步。"

在这样的土地上——不，我还不知道其他的地方，所以这样的说法本身就是毫无意义的——只教给我绝对的东西，实际上就只能看见这一点。

"在这样的阳光底下，那也是无可奈何的吧。浪漫这个东西是自己创造的，它本身没有力量，是偷偷地潜入进来填补空洞的。"

打个比方？是什么样的东西？

"要说像什么，最贴近的还是梦吧。你知道梦的特征？"

我平时不太做梦呀！遇到西罗科风和太阳的直射，实际上就只会做恐怖的梦和诵经，就是睡着了也不会做梦，我好像从小时候起就是这样在无意中训练过来的。

"不过，不可能一点儿也不做吧。"

那当然。

"那么，梦的特征也应该知道吧。把梦当作影像是非常难的，如果那影像清晰了，它就不成其为梦了。就是说，分得清梦境和幻想，就不是梦了。"

以前，很早以前，我梦见过马，是一匹非常英俊的马。我想要得到马。

"你想得起来是什么样的马吗？"

是很漂亮的马。

"光这一点还想象不出来吧？比如颜色、体型、皮肤的接触感觉……"

是一匹漂亮的马，这一点我记得很清楚。我还看见那匹马奔跑了。

我出生在柏柏尔人的村庄里。马是在村子的山那边奔跑。我还记得它跑得太漂亮了，所以村子里的人全都跑出去远远地望着它。

"颜色呢？"

我记得是黑的，但我又觉得好像是棕色的。

"你印象最深的，就是马在奔跑的时候吧。其他呢？你走近那匹马，比如给它胡萝卜或抚摸它？"

记得好像有过，但全都忘了。

"梦中的对象，你不能靠近呀！如果有靠近的印象，一瞬间它就会变成另一种情景的。这和在梦中不能吃美味的食物是一样的。

要说梦像什么，与电影相比，梦更像电视吧。你不那么认为？"

我出生以后，电视只看过三次。

梦，既不能触摸，又不知道怎样才能对准焦点，又决不能靠近，还没有气味，也没有疼痛，而且真的，而且真的，而且真的……

而且真的

而且真的

而且真的

而且真的

而且真的

而且真的

而且真的

下面的话无法表达了。我并不是因为觉得告诉少年是残酷的，而是因为要传输给他非常困难。

而且，"真实"是最最远离现实的东西。

看到马拉喀什的街道时，少年告诉我一家名叫"拉马穆尼"的旅馆。他还告诉我说，那是世界上最好的旅馆，只有它是他在梦里建造的旅馆。

＊

公共汽车终点站附近有一家旅馆介绍所，我预约在拉马穆尼旅馆里住四天。据说六月是旅游淡季，所以我轻而易举地订到了房间。我做着手势手舞足蹈地询问在哪里可以叫到出租车，介绍所里一个戴眼镜的瘦男人用一口流利的英语告诉我没有必要叫出租车，因为拉马穆尼旅馆马上会来接的。他让我在那个树阴下等着。我在树阴下的长凳上一坐下，就有一个背后绑着银色容器、卖假货模样的薄荷茶小贩走上前来。我决定要一杯薄荷茶。如果折换成日币，一杯薄荷茶大约五元左右。从卡萨布兰卡到马拉喀什的公共汽车大约是六百五十元，丹吉尔和卡萨布兰卡的旅馆双人房间是一万五千元左右。当然，这些旅馆都是最高级的。在丹吉尔海边的咖啡屋里吃的炸虾，两个人的份儿是二百元左右。丹吉尔到卡萨布兰卡的出租车连续行驶两个半小时，最多不超过七千元，然而拉马穆尼旅馆住一夜是四万元，这价格令人咋舌。我在巴黎兑换的钱还几乎没有用过，勒芙斯托我保管着的钱也不少。勒芙斯吸食毒品后记性会变得极差，所以把钱保管在我这里，我如果把它全都花完，她会责怪我吗？我觉得一般她不会埋怨我什么。

　　拉马穆尼旅馆来接人的车是1953年型的英国捷豹。当然，我不懂什么年代的什么车型，是司机告诉我那是1953年型的捷豹。马拉喀什的道路比丹吉尔和卡萨布兰卡宽敞了许多，红土地的远方是在烈炎下冒着游丝、显得模模糊糊的山峦。司机对我说那是阿特拉斯山脉。沙漠在那条山脉的另一边延伸着。在宽阔的大街的街角一拐弯，就看见一条石板路上聚集着打游客主意的向导。1953年型的捷豹强行开过他们的边上，令一名机灵地躲避汽车的向导差点儿一屁股坐在地上。汽车驶进一块两侧有穿制服的警卫站立的私有领地。这条道路通往拉马穆尼。外面飞扬着红色的尘土，热得能把夏天的花晒死，把虫子烤干，但全部用大理石铺就的门厅里却吹着极其阴凉的风。

旅馆里所有的装潢全都混合着装饰艺术[1]和伊斯兰风格。大厅天花板上的绘画，挂在墙上的巨型壁毯，甚至到楼梯扶手，都分别涂成黑色、粉红色、金黄色，铺路石、镶木、嵌饰的花纹配在一起构成了和缓而神秘的弧形。

房间面对着宽阔的内院，厚实高大的砖墙挡住了街上的嘈杂声。房间里弥漫着我陌生的气味和色彩、氛围。比如"请勿打扰"的牌子不是塑料板，而是红色缎带，"请打扫房间"是绿色缎带。奇怪的是，看到淡淡的蓝色和粉红色成对的浴衣时，我竟然想要男人了。我不想得到手指、厚实的胸膛、男人的东西，而是想要得到抽象的、我爱的男人。我坐在用粗藤编制的精致的椅子上，

---

[1] 20世纪20年代至30年代流行于欧美的一种艺术形式，构图使用简单的直线与几何图形，色彩则以原色为主，对服装界影响颇大，有人称之为"1925年式样"。

喝着大理石桌上形状古雅得现在已经绝迹的可口可乐，目不转睛地眺望着成对的浴衣，我理解了爱的含义。

爱，就是淡淡的粉红色和蓝色的、看起来心情十分舒畅的成对的浴衣。

从露台上看得见部分内院和半个游泳池。内院里放养着孔雀，有大小共计九个泉水和喷水池，四周围着椰子树，我猜想那一定是想再现沙漠中的绿洲吧。在一棵大一圈的椰子树树阴下设有石凳，石凳上坐着一位年龄太大以致看不清是白人还是黑人或东方人的小个子老太太。石凳离我这里太远，所以才看不清楚，但那位老太太与在她身边游玩的孔雀相比异常显得瘦小。她身体瘦弱，再加上几乎一动不动，所以开始还怀疑她是一尊雕像。过了二十分钟左右，我将可口可乐全部喝完，老太太仍然坐在石凳上，像以前孩子占卜明天的天气那样将凉鞋"啪"一下从脚尖甩出去。凉鞋盖住脚面的部分是银色的，它滚落在树阴外，把光反射出来。片刻，老太太缓慢地从凳子上站起身，将凉鞋拣起，过了整整二十分钟以后，她又占卜祈愿明天有个好天气。

我想走上前去看看那位老太太。

内院里夕阳的残影依然十分强烈，整个院子里一片橙色的光辉。负责收拾院子的女人们用橄榄树的树枝清扫内院的沙子，她们清扫得十分仔细，连一粒沙子也不放过。我寻找着老太太，但怎么也找不到。受到精心照料的树木长得高大茂密，形成了许多浓密的树阴，每次从阳光强烈的红土走进树阴下，人都会产生一阵晕眩。所谓的晕眩，就是平衡感失缺。我的平衡感，就是踏在大地上牢牢站立着的感觉，基本上与连接着猕猴桃园的精神病医院里的记忆重叠在一起。在那家医院里，我也感觉到光与影。在相同的地平线上，情景的差别十分明显，我觉得这种差别老是在折磨着我。光和影有着显著的差别，但光本身却非常沉稳，有着一种亲热感，好像在相互帮助似的。对了，那个时候我也许无论如何都想注意到一直在伤害我的不愉快的真正根源，也许我真的已经注意到了。

老太太还坐在石凳上。我走近一看，她不是脸上刻着皱纹，而是简直让人怀疑她的脸是由无数的皱纹构成的。老太太注意到我，脸上的皱纹抖动了一下，构成了微笑。看见我的 T 恤被汗水贴在皮肤上，她用手指了指石凳，让我在那里坐下。

"现在这家旅馆里，"老太太用容易理解且断断续续的英语说道，"住着很多名人呢，F1 赛车手、女演员，还有歌剧演员、小说家、指挥家、物理学家，今天下午他们全都在游泳池边享受着日光浴。看着名人们排成一溜躺在帆布椅上，是一种享受啊。"

"你是一个人来这里的吗？"她这么问我。我点点头。老太太露出非常慈祥的笑容。她的发音很难懂，听不太清楚，估计是欧洲中部人。她把国家的名字告诉我，但我没有听清，我再问她，她告诉我是中欧。据说她在那个国家里是家喻户晓的大明星。"电影。"她说道，"优秀女演员。"她指了指自己的胸膛。她穿着只能看作是长衬裙的白色礼服，这衣服只适合十四岁左右的少女。从露台上看下去的时候，为什么没有注意到她身上的衣服呢？我是二十五岁，即使我穿这衣服，大概也会遭人嗤笑"你有少女情结"吧。这礼服是白色的，透出了内衣裤，文胸和内裤都镶着黑色的花边。她的头发是银、白、黑色相间，还夹着奶油色的、想不到是头发的、线头似的东西，而且凉鞋是高跟的，饰有银色的扣子。神秘的老太太说"过一会儿在浴室里见面吧"，便从石凳上站起身来，不是走、而是像滑一样似的从我身边远去了。

老太太说的是浴室。我看了旅馆介绍，知道地下有个土耳其浴室。我决定预约后马上就去看看。大厅里有一群身穿无尾礼服、黑礼服、长礼服和笔挺的军服的客人，举着鸡尾酒杯用法语谈笑风生。走下昏暗的楼梯，有一道简朴的白色胶合板门，一走进门，有两名穿着白色服装的白种女人，记下房间号码签完名以后，她们告诉我更衣室的位置。我正要进去，她们对我说不能进去，因为里面还有人。片刻，两名个子矮小却脖颈粗壮、胸板厚实、全身覆盖着热气腾腾的硬体毛的男子腰上只围着一条浴巾走了出来。

三分钟后，我也是一副同样的模样从更衣室里走出来。我问白衣女人"女的在哪一边"，她们一脸茫然，不知道我在说什么，用手指了指沉重的厚木门对我说："打开那扇门进去。"我走到里面，是一间微暗的房间，中央有一个形状模拟四条深海鱼的喷水池，地板、天花板、墙壁都是湿漉漉的镶嵌着花纹的大理石。只是，里面一点儿也不热。我伫立了片刻，房间突然裂开，一个浑身是汗的女人呼吸急促地进来，呈大字形躺在地上。房间里有些昏暗，看不清楚，里面好像有一道小门。我悄悄地走进小门，闷热的蒸汽立即笼罩住我的身体，我一瞬间觉得呼吸很憋闷。大概是越喷越厉害的蒸汽的缘故，那个蒸汽浴室在眼睛习惯之前好一会儿看不清任何东西。在墙壁边的长椅上，赤裸着身子的男男女女各自或抱头而蹲、或趴着、或盘腿而坐，如影子般重叠着。我寻找着可以坐下的地方，角落里有一只精瘦的手向我招手。与其他的男男女女相比，那不是人的肢体，而像是冬天的枯枝或夏天晒干的鱼。是内院里的那个老太太。老太太大敞双腿，身上没有出太多的汗，坐在房间角落正好呈"L"形的拐角。我也摘去了浴巾，其他人的浴巾都湿漉漉地或铺在长椅上或扔在地上。

　　摩洛哥的土耳其浴室里整个洗浴过程是二十分钟。主要的当然是蒸汽浴，在这之前要经过一个休息室，就是刚才我伫立着寻思这里是干什么用的地方，蒸汽浴室的边上和一端设有按摩室。

说是按摩室，其实只是大理石的地板和喷水头，不像日本的桑拿那样排着几张铺有白色床单的床。两间按摩室里分别有一名成年男性按摩师和一名少年助手。少年都是十五六岁，长着以前在有些另类的意大利电影里看到过的那种漂亮的脸蛋和身材，围着一块腰布。老太太在蒸汽浴室里几乎没有出汗，因此看上去像条虫子，她的脸不用说了，她的四肢和腹部的皱褶都像是虫子的结节。令我诧异的是，老太太与我讲话不使用语言。

"你也是女演员？"这无疑是语言波，遗憾的是功力很弱，而且最让人感兴趣的是老太太自己丝毫也没有察觉到她是在用语言波进行交谈。她以为是用英语在和我对话。

"你有灵气啊，是女演员吗？"

不，不是的。

"那你为什么会有灵气？听你讲话的声音，看你的喉咙就知道你不是歌手，从你的腰部和膝盖也看得出你不是芭蕾舞演员啊。"

不会是因为一直在旅行吧？

"你，一直在旅行？"

是的。

"在哪里旅行？"

各种各样的地方。

"非洲、南美、阿拉斯加，那样的地方，你也去过？"

不是那样的旅行。

"我听不懂你的话啊。"

说"听不懂你的话"时，老太太的语言波眼看就要消失了。看来她是无意识中发射的，所以一旦失去兴趣，传输就会停止。这应该要让她知道。

我自从出生后就一直都在旅行。和吉卜赛人啦犹太人啦一样。

"可是，你是东方人吧？东方也有吉卜赛人？"

应该让她明白，我说的不是"旅行"这个词，而是"旅行"的概念——

我没有故乡。我把这个概念朝着老太太的太阳穴发射。于是，老太太那张几乎没有水分的脸渐渐湿润起来了。

我的、故乡……她开始说起自己出生的欧洲中部小国的苦难历史，如果要兴致勃勃地说起来，看来可以说十几个小时。她说到大约两分半钟，我差点儿流出了眼泪。老太太是作为一个少数民族的装订商的第六个女儿出生，这个少数民族倍受俄国、德国、法国的欺凌。老太太的历史即主要舞台是在维也纳、纽约、希腊和西班牙。对话结束时，我已经汗水淋漓。我邀请老太太去接受按摩。我们一边交谈着，一边让美少年在身上涂油。

"女演员这个职业，你怎么认为？"

我觉得是非常辛苦的。

"女演员和妓女，哪一个历史更悠久？"

两者不能相提并论吧。

"当然。只是历史的悠久差不多吧。我是过了三十才进入影片领域的。你知道影片吗？你看的电影就是影片啊！"

美妙的电影，像梦一样吧。

"那是不一样的呀！"

不一样？

"梦和影片的确有非常相似的地方，但又是完全不同的。影片，怎么说好呢，是一种存在啊。"

存在？

"是一种存在。我第一次出演的影片，是斯坦伯格的作品，是在他还没有遇见黛德丽之前的事。我不是主演，但我扮演重要的角色，有个场面是我在一个很长很长的石阶上慢慢地走着，而且那个镜头移动的时间很长，至今我还保存着那部影片，那部电影里的我就是我，又不是我，我反复播放了几遍，是我，又不是我。我把胶片一张张放映，这时是我，我把它连续放映，又变得不是我了。那么说她是别人吗？又不是别人呀！只是，那是绝对不能触摸的，现实，神秘，美妙，一分析，那只是光和影，只要保管好，就能永远留下。"

老太太接下来说的话，令我颇感震撼。她谈起了伊维萨。

第
四
章

巴
塞
罗
那
的
光
与
影

"伊维萨，噢，对了对了，这么说起来，我正想对你说说它呢。"老太太就是以这样的感觉对我说的，说话时并没有表现出像高雅的老人特有的那种坦然面对死亡的微笑。首先，老太太并不高贵。我和老太太也不会像在日本的澡堂子里那样一边让搓背人毫无顾忌地搓着背，一边脸对脸唾沫飞溅地说着别人的闲话。我们是躺在大理石瓷砖上接受着按摩。不知什么原因，尽管热蒸汽在几十厘米高的地方盘旋着，但大理石瓷砖的地板还是凉飕飕的。也许是汗和油腻的缘故吧。我和老太太趴着，脸侧向一边，脸颊的下面垫着用什么动物的皮制作的、散发着强烈气味的垫子。我们用身体的下侧感受着瓷砖的阴冷，同时享受着时时让人喘不过气来的按摩。这里还兼作休息室，因此还有两名只穿着游泳裤、浑身长毛的男人和一名中年的金发女人、一名年轻的红发女人，他们都披着浴巾或坐或躺在地上，注意着我们两人。他们目不转睛地盯着看。一头黑发、吃米长大的、一身润泽皮肤的东方女人，和几乎没有出汗、浑身是皱纹的老太太，用主旋律和配音似的二重奏奏响着神思恍惚的喘息，那是连狗、猫、老鼠都会注意的。老太太不仅仅是对我说话。正确地说，她并不是在诱导我，也不是说她的喘息听起来像是一种语言。比如，皮肤漆黑的按摩少年手指和手掌按在她的肾脏上，就会产生与老太太体内直接发出的喘息声截然不同的另一种神经震撼。我知道得不多，但我想，如果是一般年纪的人，那纯粹是对刺激产生的反应而已。就像全身文身的人一定会有独特的反应装置一样，浑身覆盖着深深的、干巴巴的皱纹的老年人，也许所有的刺激都会和语言、故事联结起来。老太太恐怕经常在发射近乎语言波的东西，它在这家土耳其浴室——这种湿度达百分之三百的浴场——里只会变得越来越强烈。"那个不知算是胸毛还是腹毛，总之从喉结处长出的松软的浓毛一直延伸到三角内裤正中间的小个子男子，就是有名的 F1 赛车手呀！还有，他边上那个一头金发、手指纤细柔软的年轻瘦男人，是 F1 赛车手的朋友，是摩托车选手还是赛艇选手我已经忘了，总之是个赛手呀！躺在地上不停地打量着我们和赛手们的红发年轻女人，我猜一定是匈牙利空姐。在她旁边不断地翻动股间的中年金发女子，我猜一定是刚刚与英国贸易商离婚的法国籍加拿大人吧。"要翻译过来就是这些话，但老太太将这些话像电子合成音乐的各个节奏和音色一样无目标地洒向空中，要直译出来几乎是不可能的，硬要翻译的话，就是下面那样的词：

胸……

松软……软软软……

一直……

中……

细、柔……

呀……

手指……

和……和……和……和……和……和……

那……

股间

牙利人……

是……

到……

什么时候……

我们……

黑……

还是……

紫……

刚……

的 F……1……黑……和……商……

中间……边上……人……赛……

长着……浓……们……红……

英……我……毛……间……

利……刚……色……唇……

柔……浓……毛……

年轻……瘦……男……地板……手指……空……

呀……啊……空……

打量……吧……空……

匈牙利人……

摩托车……

毛……空……

空……

空……

空……

空……

空姐……

我翻译这些话不会觉得特别艰难。这是发自神经的信号在开始时为了获得某种意义即故事性而以电子的形式洒向空中，然后很快就相互凝聚起来，变成容易读取的东西。我感受着老太太那断断续续的语言波，仿佛在观看倒转着的细胞分裂影片。老太太的皮肤上抹着油，滑溜溜的，但她还是没有出汗。油渗透到皱纹的深处，又反射出休息室里那微弱的橙色灯光，形成线条，发出朦朦胧胧的光，就好像是身躯极其细微的萤火虫，或偏僻地区餐厅里的时髦照明用具。那个据说是 F1 赛车手的小个子男人，我在杂志封面上也看到过。另外三个人不那么有名，但估计老太太对他们都知根知底。匈牙利空姐大概会使用只有匈牙利空姐才有的波，而且无论她是不是真的匈牙利空姐，她的波都与老太太说的故事没有太大的关系。刚与英国贸易商离婚的法国籍加拿大中年金发女人，就算她是刚与德国钢铁大王结婚的西班牙籍古巴人，对老太太的历史观也没有丝毫的影响。我们继续喘息着。当老太太把话题从四个人的身份推进到四个人的关系时，一个年龄正好在红发空姐和金发中年女人之间的极瘦的女子大汗淋漓地走进休息室，穿着花纹芥黄色成人型游泳衣，肩头的吊带滑落下来，呼吸急促，一张满是汗珠的脸，瞳孔放开。白种女人的年龄很难估计，在二十五岁到三十五岁之间，削瘦，但肩膀和小腿肚的肌肉却很发达，我猜想是田径选手。但是，老太太却用语言波对我说：

舞女。

　　这个休息室虽然不如蒸汽浴室，但也很热。隔壁蒸汽浴室的热气透过门缝再从墙壁上传进来，而且从位于房间对角线上的两个角落的小喷水头里喷出开水。按摩师将那里的热水装在提桶里稍稍冷却，看准少年们的动作，把水一半洒在地上，一半浇在我们身上。那已经不是开水了，却热得惊人。我们就像被钓起来的鱼那样全身抽动。那温度已经到了能够忍受的极限。从皮肤里发出的觉醒与紧张之波在一瞬间朝身体内部渗透进去，抵达身体的中心，在脊椎骨的周围和心脏复杂的边缘的缝隙间稍作停留，变成松弛和镇静的磁心，接着反方向朝皮肤释放出来。热量被吸收到身体内侧，在身体中心变成镇静的波，在休息室里，身上的汗水不会冷却。在最多不超过二十平方米的房间里，有身材高大的按摩师，久久躺着的老太太和我，两名骑在我们身上的、手脚和那东西都很长的少年，两名全身浓毛、脖子粗壮的白种男人，匈牙利空姐，刚和英国贸易商离婚的法国籍犹太人，还有舞女，虽然还没到身体无法转动的地步，但身体的边缘眼看就要碰到了。包括我和老太太、我和老太太和少年的关系在内的所有在场人员，除了两名长着浓毛的赛车手之外，大家相互之间都不存在任何关系。虽然没有关系，却持续着这样一种状态：弥漫在相互之间的热气用一条无形的黏糊糊的链条将大家串在了一起。肯定有人想离开这间房间回到蒸汽浴室或更衣室，何况摩托车赛车手或赛艇手和匈牙利空姐实际上已经要站起身来了，但舞女破坏了那种分离前兆似的状态。在这些人中，老太太发出了"和那时的伊维萨一模一样啊"的信号："原来还以为伊维萨是一个完美无缺的避难场所，那里无所不有，不料只是沉淀着凝重的空气，其他什么也没有发生，充满着只有汗和性的气息呀！"

听到"伊维萨"，我的大腿颤抖了。我最后一次跳舞的那个日本黑西服男子说过"去伊维萨"。他吩咐我说，去有名的迪斯科舞厅，见一位黑人同性恋舞女。

伊维萨是个什么样的地方？你去过吗？我马上问老太太。我在这么问着的时候，少年的东西还在不停地、几乎是无限度地伸长。

"这个伊维萨，你认为是什么？"

我想是地名，但不知道在什么地方。

"你真笨啊。伊维萨，是印第安一个种族的名字呀。它是在一个叫多米尼加的岛上被西班牙人全部灭掉的。"

呃？

"对不起，这是开玩笑啊。伊维萨是漂浮在巴塞罗那海面上的岛呀！"

我想知道伊维萨的迪斯科舞厅。

"迪斯科舞厅我不知道啊。你来这里是看沙漠的吧？沙漠是值得一看的。然后，看过沙漠之后，你打算去伊维萨？那条路线大致没错。不过，你要先去巴塞罗那，从兰布拉斯大街笔直走去，边上有一个很美妙的广场，那个广场据我所知是世界上最奇妙的广场，那里吧，聚集着所有种类的向导。"

我感到自己在热气中冒出了鸡皮疙瘩。

*

从马拉喀什到巴塞罗那，不用看地图也知道离得不太远，不料却颇费时间。是因为沙漠里的沙尘暴和马德里的夜总会耽搁了时间。我在拉马穆尼旅馆里休息了一段时间，加上那位满是皱纹的老太太再三劝诱，我心血来潮决定翻越阿特拉斯山脉去看沙漠。身上布满又深又干的皱纹的老人对我说："真知子，人们常说沙漠像大海吧？此话一半是真一半是假呀！人们还常说沙漠里什么也没有，能发现的只有自己一个人。这话也一半是假一半是真。人们还说，在沙漠里要当心蝎子。这种话全部是假的。说沙漠里的夕阳很美丽，这全是真的。"光是这一点，我也想亲眼证实一下，便驾驶着日本生产的四轮驱动汽车出发了，不料第三天却被困在沙尘暴里。就连黏膜里都嵌进了沙子，我简直不敢相信这是我自己的身体。我以亲身体验学会了一些基本常识，沙子绝对不会变成食物，即使粘在黏膜上也不会融化。在一个无名的村子里，那里只有六棵枣椰树和两间镀锌薄铁板屋顶的小屋，其他一无所有。我在那里度过了超出旅程的四个黑夜和白昼，尝到了令人恐怖的寂寞。说什么沙尘暴是在刮强风的日子里发生的，不是那么一回事。当向导的贝都因人说"是因为有生命的东西开始苏醒了"，我觉得真是如此。比如，即使用潮汐的涨落或日落等显而易见的地球变化来打比方，也是这个道理。我们常常使用"夜幕降临"的表达方法，我觉得黑夜的确是有生命的，它会严密地覆盖着某个场所。沙尘暴也可以分成几种。其中最小的沙尘比雾还要轻很多，即使门缝里塞上布也会像雾一样钻进来，永远在房间里飘浮着。在这个没有名字的村子里，还有两名老人和两名少年组成的小规模商队，第二天早晨风稍稍平息时他们就骑着骆驼出发了。骆驼在沙子大发淫威时搭拉着眼皮像岩石般一动不动，但鞭子一响马上就能出发。四轮驱动汽车就不是那样。发动机里嵌进了沙子，就不得不花上整整一天的时间保养汽车。往往如此手忙脚乱地刚忙碌完，却又飞沙走石、风暴再起。我根本没有时间去证实"沙漠是大海"这句话的真假，那种修饰词只不过证明了说这话的人有没有意识到自己的内心。极细微的尘土、沙子的粉末粘得满头都是，粘得脖子沉重地往下垂着，刮进眼睛里使整个视野都在化脓，堵塞鼻孔引起耳鸣，粘在牙龈和舌头上使口腔肿得像妖怪。尽管细小却有着自己重量的沙子使整个房间都变成了沙钟，它们极有耐心地在地板上堆积成一个图案，并随着量的增加不断改变着形状。我觉得身边有一个成长速度极快、动作却极其迟钝的生物，常常发出惊叫声从噩梦中醒来。即使在小屋里，细微的尘土也满天飞舞，所以我常常紧闭眼睛和嘴巴，还用缠头巾包着头，抱着膝盖坐在铺席上，强忍着不打喷嚏不咳嗽不打呵欠不吃东西不排泄，让自己变成受虐狂，变得不是人而只是一块石头，只有一个心愿，即祈祷着时间赶快流逝。我身体纹丝不动，然而也许因为是身体僵硬的缘故，过了一定周期我便瞌睡起来，就好像在描绘睡眠的边缘，就是一部分神经在"睡眠"这个状态里或进或出的感觉，于是身体的紧张得到了缓解。那样的时候，即使说是"所有的声音"，有时听起来很响的也只是大颗沙粒打到贴在小屋屋顶和周围的镀锌薄铁皮上的声音，它们都变成大型村落里的愤怒声和咒骂声。我在黑暗中胆怯地偷偷睁开眼睛，沙子已经以恐龙的尾巴或超大型老鼠的尾巴或大型袋鼠的尾巴的形状在地板上堆积起来。细微的沙子虽然不是尘土，却会堆积起来，断面像金字塔似的呈三角形。就是说，其形状是紧紧贴在地板上的。它看起来极其稳定，但因为是沙，所以一旦刮起风来，就会像变形虫一样塌下来。这就是沙。现在在眼前沉甸甸地堆积着，外表看上去非常稳定，却会软绵绵地改变自己的形状。"这才是真正的沙。"无论我怎么对自己嘀咕，都无法消除我内心里的恶寒。不用说，恐怖是一种想象，因此所谓的智慧，就是了解恐怖和印象、信息之间的关系。我出生才二十五年，却怎么会知道这些事呢？以前我最害怕的，是从那家精神病医院的内院里眺望到的猕猴桃园，和导致我住院的陌生人的笑声。在医院里我结识了一个年龄比我小很多、头发染成红色的少女。她对我说：在所有的视野中都可以找到胆怯的猴脸，感觉就像看猜谜画一样。在树干的根部，在夏天那令人目眩的云层里，在温热的牛奶表面，在壁纸的花纹中，在天花板上摇曳着的灯泡影子的边缘，都隐藏着因为恐惧或害羞而扭曲着的日本猴的脸。她对我说，即使知道那是自己胆怯和害羞的投影，但心情还是因为厌恶得无法自制而变得萎缩了。医院里的人对我说，重要的是要习惯自己。医生偏执地反复叮嘱我说，即使内心里充满着羞愧、害怕、颤瑟，也要接受自己。医生没有错，放弃和接受是不一样的。就是说，要接受就会有条件，要非常熟悉自己复发的规律。因此老年人善于接受，如果到了老年还接受不了，那就没有康复的指望了。我发现冷不丁来到国外，经历过各种意外，能够说恐惧是自己的投影，这就是心情平和的象征。在一个不得不以危险为前提生活着的国家里，恐惧和想象的关系发生着微妙的变化。无法理解的事物，陌生的事物，都有可能成为恐惧的前兆。从来没有见过的事物，也许是带着杀机来的，从来没有听说过的事物，也许正是那些想要抹去自己的人蹑手蹑脚的响动。沙尘暴的恐惧，是由在地板上堆积成奇怪图形的细沙和在风中飞舞着敲打外面镀锌薄铁板的小石来表现的。以前我从来没有看到过像在地板上堆积起奇怪图形的沙子那样让人心情郁闷的事物了。勒芙斯曾对我说：令人感到不悦的东西，是会给自己带来威胁的征兆或不测的肇端。勒芙斯说，这些话是她在中美洲印第安人的读物上读到的，但对勒芙斯来说，她的恐惧是突起的圆形小疙瘩。因此她决不会穿小水珠花纹的衣服，一看见别人的皮肤、树叶的背面、动物的皮肤上有很多圆形疙瘩，她就会厌恶得冒起鸡皮疙瘩。表面有疙瘩时，内部也会有，皮肤上有疙瘩，内脏也会有。再没有像长着圆形红疱的内脏那样让人恶心的东西了。这就是勒芙斯的恐惧。我因为沙尘暴而得到了对我来说最糟糕的标志，那就是像巨型的老鼠尾巴那样堆积在地板上的细沙。它像一根长得没有尽头的鞭子的末端，又和蚯蚓极为相似。我在长达四天的时间里不得不望着那个堆积在地板上的蚯蚓状的沙子，我观察着它，知道这就是导致我恶寒和恐惧的原凶。我微微睁开眼睛，尘土粘在我眼睛的黏膜上，我怯怯地看着沙子从门底下的隙缝间钻进来，在地板上形成蚯蚓的形状，我甚至怀疑那会不会和血液有关。在小巷拉客时，一个男人曾经说过。那个男人穿着迷彩战斗服，但为什么一买女人，几乎所有的男人就会变得饶舌呢？"大姐，我经常去马来西亚这些地方玩射击游戏啊。"可是一买女人，男人为什么总要喊什么"大姐"啦，"姐姐"啦，"阿姐"呢？"你知道热带丛林有好与坏的不同吗？好的热带丛林，并不特别是指热带丛林里存在着一个公正之神，而是指没有被开发过的、没有被使用过的那种。我们拿的不是真枪，不能进行真正的游击战，所以在马来西亚，如果发现在射击游戏中带真的 M16 等，那就是死刑，因此那种事不能动真格的。即使在热带丛林里也要寻找真家伙啊，比如蚂蟥，在没有被开发的热带丛林里，有很多旱蚂蟥，蚂蟥就是我们的基准呀！旱蚂蟥只生存在堆积着好几层落叶、与地面融为一体的、晒不到阳光的地方。所以有旱蚂蟥的热带丛林就是好丛林啊。"战斗服男子一边用右手大拇指和食指揉我那里，一边说着这些话。我在注视着蚯蚓状沙子的四天时间里，毫无遗漏地回忆起那些话来。还有男人向我讲起打高尔夫球、垂钓、电子游戏、疾病的故事，给我看别墅或游艇的照片。"旱蚂蟥这个东西啊，最初是晃晃悠悠的，比火柴棒还要细很多啊！在枯叶上像潜望镜似的打量着四周，身体朝着散发出血味的方向，我们一走过去，它就一跃而起跳到皮肤上来。真的是飞过来的，我看到过它们飞的。只要用烟头烧上去就行了，开始时不知道这个，想把它硬拉下来，结果连皮都扯掉了。所以只好等着它吸完血，吸到已经再也吸不进血的时候，旱蚂蟥的身体就从火柴棒胀到鼻涕虫那样，它会'啪嗒'一下离开。所以啊，大姐，身体的形状在吸血前和吸血后是完全不一样的呀！这是欺诈。就连蚊子都没有那样的变化吧。旱蚂蟥吸过血后，就是靠着那血才形成了身体。"那恐怕是血液停止流动才产生的形状，回想起来，就连蚯蚓，就连搔痕，血都不会很好地循环。老鼠的尾巴是生物体的一部分，只要这么一想，就感觉那是一种最恶心的形状，而且我觉得原因恐怕就是几乎没有血液循环。那种一头很细的令人恐怖的尾巴即使被踩着或被咬断切碎也几乎不会感觉到疼痛，也有可能它的存在就是为了供人这样摧残。我在小时候也经常看到过，那种尾巴简直就像安装了关节似的一甩就断，连血都几乎不出。老鼠和它的亲族们首先自己停止血液循环，将自己的器官弄到形状有悖于进化。无论发生什么样的事，血液的流动都不能停止。停止了血液流动的东西，会让人产生愚昧的恐惧。我发现了自己作为向导的生活方式之后，曾打算要训练自己陶醉在受虐的状态里，但在那无名村子镀锌薄铁板小屋里的地板上摇动着的、呈蚯蚓状的细沙，却让我无法忍受。因此，我几乎还没有看到沙漠就返回了马拉喀什。在要求我支付旅游费之外的救援费用时，我极尽所能动员了日语、英语、法语，加上动作、手势、语言波，甚至眼泪，向包着紫色缠头巾的旅行社老板大发牢骚，大概其中还含有作为旅行词汇所不允许的词语吧，于是明明是游牧民却开着公司的不讲道理的男子本能地拔出腰刀。他大概是想吓唬我，但手臂却因为愤怒而颤抖了，导致失手在我的手肘上划出一条很深的伤痕。在一边的职员们连忙制止了他。男子原本就没有打算伤害我，所以忙不迭地又是向我道歉又是请医生。我一边让血液"嘀嗒嘀嗒"滴在地毯上，一边将打着官腔的语言波发送过去，说我想通过拉巴特的日本大使馆，把我的疼痛用于弥补先进技术和经济援助之间的裂痕。紫色缠头巾的男子莫名地感动起来，不仅不向我索要救援费，还为我支付了拉马穆尼的旅馆费，安排了摩洛哥皇家航空公司的马拉喀什-卡萨布兰卡-马德里-巴塞罗那的机票，我一再推辞，他却连黄铜镀金的大盆子都当作礼物送给了我。

伤口在马德里开始疼痛起来。

听说摩洛哥皇家航空公司在西非和北非是最有诚信的航空公司，但我还是不得不在马拉喀什等了一个半小时，在卡萨布兰卡等了有三个半小时。到马德里后如果换国内线路乘坐去巴塞罗那的短程往返运输线末班车，看来还来得及，但伤口随着心脏和脉搏跳动，疼痛得全身不舒服。我去旅行社订饭店，那个紫色缠头巾的男子大概是有着相当地位的人，他已经为我作了各种安排，我的名字作为贵宾输入了西班牙旅行公司的电脑。利兹饭店以优惠价为我准备了小型套房，用梅赛德斯-奔驰大型高级轿车来接我。到饭店已经是深夜，在美丽时代风格的庄严的大堂里，络腮胡子的医生为我伤口消了毒。因为是刀口上的细菌导致了化脓，所以医生建议要住两三天医院，但我拒绝了。梅赛德斯-奔驰的年轻司机长得英俊而高大。我接受他的邀请去夜总会里玩。那是一幢快要倒塌的石结构建筑。司机还暗中贩卖海洛因，是个靠黑道中的女人倒贴过日子的人。在"拉·斯托拉达"这家只有极细型氖灯装饰的、没有任何可取之处的夜总会里，他向我介绍了各种各样的人，有作曲家、服装设计师、女演员、电影导演、摄影师等，他们全都是假冒的，只是沉迷于毒品的人。夜总会里不停地播放多米尼加那节奏快得可怕的默朗格舞曲。但是，夜总会里笼罩着一种空气，这空气里沉淀着人们所有的营生，包括因承受不了建筑物所有巨石的沉重和唯有红土、岩石的荒凉大地大致中心点的恶劣空气而吐出的喘息。所有的人都无所事事，人们只是为了证实其他人的无所事事才聚集到这里来的。司机不知什么时候已经消失得无影无踪，我没有回利兹饭店，就在那夜总会兼沙龙里待了整整两天。进去时没注意到，那里是私人邸宅改建的夜总会，主人是位骨瘦如柴、眼睛硕大的老人。我和那位老人谈论黄色人种和文化的关系，老人挺着胸膛说他以前杀过几十万印第安人。我自言自语地、像是说自己今后的命运似的说"拿黄种人作牺牲品也许并没错"，然后摇摇晃晃地朝巴塞罗那走去。

＊

巴塞罗那的街上刮着令心情颇感舒畅的风。在用刀刺伤我的那个骗子为我预订的利兹饭店的门厅里，有一群像被切断后蠕动着的蜈蚣似的日本游客，但我在感觉上并没有抵触，甚至与腰包上佩着号码、穿着肥大短裤和轻便运动鞋装束的妇人们站着说了一会儿话。

"嘿！是日本人？皮肤漆黑，一点儿都看不出来啊！""呃，是一个人在摩洛哥旅行？我们也去马拉加，当天回来去丹吉尔啊。""你吃过西班牙菜里的小鳝鱼吗？我们还没有吃过呢。""真是糟糕啊。我说过在出发前唯独小鳝鱼是一定要吃的呀。不过，你真的是日本人？"

我一直是一个人，那时我还没有发现自己的头发被晒得到处褪色泛红了，手脚和脸上的皮肤因为摩洛哥的太阳和吸食毒品的缘故而变得干枯，只有眼睑深处的眼睛还闪着迟纯的褐灰色的光。房间和马德里的利兹饭店基本相似。天花板很高，设有本世纪初流行的罗马浴室，还有会令人想起爬虫类的枝形吊灯和门把手，桌子上放有水果、香槟和修剪得很漂亮的新鲜玫瑰。我躺在床上想睡一会儿，但因疲劳过度而无法入眠。我望着天花板上的枝形吊灯。它是个像把一排恒齿紧贴在半球形上的东西，用链条垂吊着。我感到那是一种金属与玻璃的、形状和平衡被啃咬过的东西。所有相互抗拒排斥的东西、相互扭曲压制的东西，都是由充满着支配的喜悦、陶醉于相互残杀的人类制造出来的，又硬又重，拒绝变质。但是，透过恒齿般的玻璃球射过来的光，我即使直勾勾地注视着，也不会使眼睛感到疲劳。大概是为了使照射出的光变得柔和而带有煽情性，才让材料和形状相互排斥吧。密集成半球形的玻璃球很像拥有坚硬外壳的生物。大约三亿年前从大海里爬上岸来的虫子们，身体底部有着无数触角、成为利用那些触角"沙沙"移动的坦克或装甲车原型的虫子们，我直勾勾地注视着它们时，我想起我来欧洲之前有一时期也一直直勾勾地注视着铬锅里的水的沸腾。每天注视长达几个小时，我这才发现了自己的确存在着意志。那以后，在可以环视绵延不绝的猕猴桃园的精神病医院里，我理解了那种意志是要被什么东西中和并融化掉的。我将意志隐藏起来防止被中和掉。我的意志还没有方向，在体内的某个地方凝固起来，并发出语言波之类的莫名其妙的东西。当然，这是我随意地称呼为"语言波"的，它没有实际的形状。我也无法证实语言波这样的东西是否真的存在。也许我只是一个疯子。没有人来对我说：不是的，真知子不是疯子！我自己也拒绝着这样的关系。不过现在，我对这些事，我对所有的事，都不在乎了。

"看着枝形吊灯，所有发生过的事全都是很美好的。"我想起这句美国性犯罪学家说过的话。被刀划破的左手肘因为马德里的不卫生而招来了恶果，疼痛随着脉搏的跳动而剧烈得就像被敲打着太阳穴和脚后跟一样。整个身子就像漂浮在肮脏的海岸线上的废弃物气泡，黏糊糊地很沉重，又像在空中飘浮着似的失去了现实感。尤其是后脑部和心脏，就像拔掉电源的吸尘器那样没有依靠，只是微微颤动着，简直不敢相信那是自己身体的一部分。即便如此，一看到枝形吊灯，我还是定下心来了。我好像觉得枝形吊灯在对我说：这样的状态是最适合你的。我不知道自己是在追求什么，也曾经害怕过受到许多人嘲笑的幻听和幻觉。我现在连睡觉的力气都没有，但我没有感到害怕，我知道我在追求什么。我知道我在追求的东西当然还没有变成语言，也没有形状，是像头顶上的枝形吊灯那样的东西，它们相互排斥抗拒，支配和反支配交织着，最后变成中立，使生命产生影像。

枝形吊灯数不清的恒齿朝我微笑，我也朝它微笑。

与其说我是在忍受左肘的疼痛，还不如说我是被疼痛刺激得想马上起床。我看得见自己起床后一面发出咒语般的叹息一面淋浴。我并不是去和什么人会面，却将在蒙特卡洛时从勒芙斯那里拿来的香水涂在耳朵背后、指甲和那个地方，穿上在巴黎圣米歇尔的小巷里寻觅到的、至今还从来没有穿过的黑麻连衣裙，在马德里机场免税商店里买的浅蓝色凉鞋，戴上四年前在新宿丸井偷来的耳饰，走出房间，在门厅里接受守门侍者深深的鞠躬之后，朝着巴塞罗那微微传来海潮气息的戈契克地区走去。

总教堂里，枝形吊灯得到了扩大和浓缩，只是让上帝介入的部分很弱。我在床上做五百六十五次呼吸的时候，外面变得有些昏暗，在铺路石和墙壁上都像染着血一样的狭窄的小路上，开始出现眼睛充血的阿拉伯人、男妓和各种各样的商贩。我要去的是拉马穆尼饭店的老太太对我说的那个广场。在兰布拉斯大街聚集着向导的广场上，我向一个小屁股男人询问去广场的路怎么走。这个小屁股男人一边将混浊的黄颜色酒往缺牙的嘴里送，一边在兜售皮制饰品，他用手指着详细地告诉了我。兰布拉斯大街上很嘈杂，有哑剧、克利什那教、跳舞的男性同性恋、吉卜赛盲人吉他手等。斜穿过兰布拉斯大街的边上就是那个广场。那位当过女演员的老太太来这个广场大概是很久以前的事了。广场上种植着椰枣树，四周围着廉价住宅和廉价饭店的窗户，满是鸽子的粪便，已经变成不是向导、而是流浪者和犯罪者的天下了，但还留有向导们聚集的空头名声。那是因为椰枣树都长得十分高大，树叶的绿色被路灯光映照着，在四个角被切除的天空中摇摆，将视野染成了绿色。用氖管制作的看上去像假的一样的椰枣树，由有透明感的绿色和黄昏的淡紫色染出层次来的空气，已有裂缝的海豚和海蛇搏斗雕像喷水池，在周围饭店的阳台上故意掀起衬裙下摆修剪足趾的妓女，这些都是向导们所喜欢的。一名年轻妓女混迹在所有的犯罪者中间。她没有化过妆，大概是从希腊、土耳其或非洲偷渡过来的吧，她慌张地打量着四周，提着破烂的阿迪达斯运动包。我在小卖部里买了瓶啤酒，坐在长凳上凝望着少女。少女从她的眸子和肌肉里散发出来的不是什么羞耻，而更像是另一种信号。她长着一身润滑而洁白的皮肤。皮肤下面的肌肉发出作为可能性的信号，它不像是当过女演员的老太太那断断续续地喘息着的回忆，而是带着一种新鲜感，进入我非常舒适的受信区域。我想象着她大概会成为舞女或田径选手，或者就是世界级的妓女吧。她，是一种象征。是我力所不能及的、我已经用竭的、我天生就没有的东西、所有这些事物的象征。那个少女也许能表现出自己的身体被人使用过的样子，能给别人或从别人那里获取能量并相互融合或中和，也许还能反过来一个人独自离去而受人注目。相互排斥抗拒，支配与被支配交织，最后变成中性，能够使生命产生影像。我只不过是眺望着这一切的一个存在。我看着喝了一半的剩酒表面冒出的泡沫，于是不可思议的是，我突然冲涌出一种伤感的情绪，我流出了眼泪。

　　我并不是因为自己的存在，仅仅只是眺望而感到悲伤，而是渴望看到想象力与肌肉纠合在一起时的情景。在涌现这种渴望的一瞬间，伤感笼罩着我。平时，回想起失去的时间，我会变得伤感，然而现在，则是想起未来就变得悲伤起来，这是怎么回事呢？我这么想着时，看到一名穿黑色衬衫的男人走近少女。我用尽所有剩余的力量，不是朝着少女、而是朝着男人发送语言波。

不要去挑选那位少女。

因为我将代替她。

*

"真知子，你为什么要来和我这样的人见面？"舞蹈表演家、哥伦比亚人拉尔福在喝下午红茶时总会说这么一句话。

"有一家叫帕恰的迪斯科舞厅，那里有个黑人同性恋舞蹈家，去见那个家伙。"这是我去巴黎前，新宿饭店里一个可怕的男人吩咐我的。那流氓也许是信口胡说，说的话又碰巧与现实相符，也许又是一个了解我秘密的向导。事到如今，这些事我都顾不上去管它了。现在我在伊维萨。

我和拉尔福相爱了。

我的记忆不正确，但我不会因为那些事而于心不安。我作为少女的替身被黑衬衫男人买走，男人将我塞在汽车里，用喷雾器把我弄昏。在散发着铁锈味的船舱里醒来时，我的双手双脚已经被砍断，水和果汁是装在运动员比赛时用的那种带吸管的容器里喝的，饮食和排泄由一名腋臭强烈的西非胖女人帮助我。剩下的当然全都是拉尔福的工作。船躲在黑暗里驶进伊维萨西岸的私人港口。我知道那里就是伊维萨。我向买下我的北欧籍老人发射前所未有的最强烈的语言波，求他把我当作"帕恰"这家迪斯科舞厅的标志。如果是警力强大的日本，我也许反而会被杀掉。

"在巴塞罗那被诱拐后砍掉手脚的日本女子在犯罪市场出售，在伊维萨岛的海面上被当地的资本家奇迹般地救出，她没有哀叹命运的不公，没有在福利院里苟且偷生，而是想成为迪斯科舞厅的标志，用暴露肉体来获得生存的价值……"这是法国的周刊刊登的有关我的消息。从德国和意大利也有杂志社和报社赶来采访。日本的电视台也来了，但看到我的实际模样，连照相机也没有拿出来就回去了。好像女性周刊转载了我的照片，还写了报道，但那时日本已经把我忘了。他们好像也把我当作了疯子。那个国家喜欢可怜的人。

"帕恰"是一家设有餐厅、酒吧、三个舞池的迪斯科夜总会，坐落在旧市区的边缘，干线公路旁，在人气上可以与欧洲的俱乐部平分秋色。餐厅和酒吧从傍晚开始营业，客人几乎都是团体游客。他们是冲着印有日语片假名"真知子"的T恤衫、钥匙链、浴巾等东西来的，买回去当礼品。三个舞池中的两个在晚上十点开放。客人们早已等得不耐烦了。他们一边打着台球或看着录像或玩着投镖游戏一边等着，渐渐地越聚越多。一到十二点钟，公路上的跑车和高级轿车开始增多。在伊维萨有西班牙全国百分之九十的法拉利。无意中救了我的瑞典隐士每月一次坐着轮椅和三名贴身保镖一起来。他来时，我的后台里就放满了白玫瑰花，拉尔福为此有些嫉妒。我用日本话称呼瑞典老人"爷爷",他也很喜欢那个称呼。据说爷爷以前是制造武器的。

十二点五十分,我化妆完毕,拉尔福帮我乘上专用面包车,送往工作地点。我的工作地点是最深处的舞池,客人们称为"诺契·托洛比加纳"。

"诺契"有两个篮球场那么大,耸立着三千棵人工椰子树,椰子是又薄又硬的金黄色金属片,如果去触摸,手无疑会被切掉。整个舞池模仿倒塌的海地皇宫,石阶和墙壁纵横延伸,中央模仿白魔术的神殿,有一个近十米高的尖塔。我以身穿肉色泳衣、梳日本式发型这一挪用来的造型君临尖塔的顶端。日本式发型是我的创意,肉色泳衣是拉尔福的主意。从深夜一点钟起,随着"五、四、三、二、一、零"的读秒声,沉重的铁门打开,响起拉尔福以前只和男人相爱时的恋人莫里约·皮皮尼的伏都教歌曲《真知子》,客人们朝我挥动着手,开始跳舞。

我被固定在适合身体凹处的、日本座椅似的东西上,恰如一名赛车选手。

当然,客人们并非一直都仰视着我。当大家喝得醉醺醺的,汗水湿透衬衫,沉浸在舞步里时,就没有人再来注意我了。尽管如此,我还是俯瞰着舞池,将慈爱的目光继续投向跳着舞的各种肤色的猴子们。忘了是在巴黎还是在蒙特卡洛,我曾看见一个独自在高级餐厅里用餐的老人，那时我就觉得纳闷，一个人不会感到寂寞吧？正餐不是应该和别人同席用餐的吗？最近我才理解了那位老人。老人不只是在品尝葡萄酒、肉、蔬菜，而是在反刍、回味着自己的记忆。

休息天里，我和拉尔福一起去属于瑞典老人私有的裸体海滩。身上开始长出赘肉的女人们看见拉尔福锻炼过的身体和那个闪出迟钝的暗光的东西都啧啧称奇，馋得嘴唇湿润发热。男人们看到我那美丽的、遭到损坏的雕塑般的裸体时都想像着怎么样和这女人做爱，害羞地掩饰着发硬的股间。我是压抑的标志。

瑞典老人终于能理解我的语言波了，常常将我请到他那豪华的邸宅交谈，乐此不疲。

"有时想把你这样不能动弹的女人当作玩物享受一下，不料却对你很尊敬，连手都不能触碰一下。你认为所谓的性爱就只是想象吗？"

性爱不是想象，我那里就是因为你才坚硬起来的。我这么一说，瑞典老人扭扭捏捏地动起了屁股。

有一次杂志上刊登我的消息时，勒芙斯来过。

她有点老了，但依然还是想和我、拉尔福一起到床上去，但拉尔福除了我对其他女人不感兴趣，只是整天沉溺在可卡因和白兰地里醉醺醺的。据说勒芙斯被摩洛哥警察拘押了七个月。

我从上个月起开始用牙齿咬着笔绘画写字。第一封信打算写给父亲。画的主题也想好了。基本图案全都是牙齿和骨头。

后

记

这是一个毁灭性的故事。

是一个女性把与自己对峙的旅行付诸实践的故事。

与自己对峙是危险的。

毒品、宗教、艺术、性爱（还有幻影），都是为了回避与自己对峙而存在的。

我是谁？不要问这样的问题。

不是因为自己的体内有"混乱"这个东西，而是因为什么东西都没有。

"内部"和"外部"这种说法，已经是一种谎言。存在的只是关系，剩下的就只是平滑的表面。

《伊维萨》是毁灭性的，但一点也不颓废。

在《角川月刊》上连载了。每个月写它的时候，我都在大脑里绷紧了弦，即使进入红色区域也不敢放松自己的功率，连涡轮增压器都使用过了。

这部小说的主人公真知子虽然正视着自己问自己是谁，但常常还是有意无意地在探寻着生存下去的可能性。

成为标题的"伊维萨"，是西班牙一个小岛的名字，如果去伊维萨，什么都没有。你在伊维萨什么都不可能找到。

所谓的"伊维萨"是什么？它的答案就在小说中。

对我来说这是一部值得回味的作品，《角川月刊》负责此文的杉冈中君，负责出版的石原正康君，还有长年的老朋友《角川月刊》主编见城彻，对他们来说也是如此吧。

1992 年 2 月 19 日 柏林

村上龙

IBIZA
by MURAKAMI Ryu
Copyright © 1992 MURAKAMI Ryu
All rights reserved.
Originally published in Japan.
Chinese (in simplified character only) translation rights arranged with
MURAKAMI Ryu, Japan
through THE SAKAI AGENCY and BARDON-CHINESE MEDIA AGENCY.

图字：09-2004-476号

图书在版编目（CIP）数据

　　伊维萨/（日）村上龙著；李重民译. —上海：
上海译文出版社，2021. 8
　　（村上龙作品集）
　　ISBN 978-7-5327-8787-6

　　Ⅰ. ①伊⋯　Ⅱ. ①村⋯②李⋯　Ⅲ. ①长篇小说一日
本一现代　Ⅳ. ①I313. 45

　　中国版本图书馆CIP数据核字（2021）第128356号

伊维萨

〔日〕村上龙 著　李重民 译
责任编辑/吴洁静　装帧设计/山川制本　插画师/木内达朗

上海译文出版社有限公司出版、发行
网址：www. yiwen. com. cn
200001　上海福建中路193号
江阴市机关印刷服务有限公司印刷

开本787×1092　1/32　印张7. 5　插页5　字数110,000
2021年8月第1版　2021年8月第1次印刷
印数：0,001—5,000册

ISBN 978-7-5327-8787-6/I·5425
定价：58. 00元